语文课程标准课外读物导读丛书

教育部《全日制义务教育语文课程标准》建议阅读书目

曹文轩◎主编

木偶奇遇记

[意大利] 卡洛·科诺迪 著

杨 山 译

北京大学出版社
PEKING UNIVERSITY PRESS

图书在版编目(CIP)数据

木偶奇遇记/(意)卡洛·科诺迪(Collodi,C.)著;杨山译.
—北京:北京大学出版社,2007.6
(语文课程标准课外读物导读丛书,曹文轩主编)
ISBN 978-7-301-12441-3

Ⅰ.木… Ⅱ.①科…②杨… Ⅲ.童话－意大利－近代
Ⅳ.I546.88

中国版本图书馆CIP数据核字(2007)第086804号

书　　　名:木偶奇遇记
著作责任者:[意大利]卡洛·科诺迪(Collodi,C.)　著　杨山　译
责　任　编　辑:马惊飙
标　准　书　号:ISBN 978-7-301-12441-3/G·2124
出　版　发　行:北京大学出版社
地　　　　址:北京市海淀区成府路205号　100871
网　　　　址:http://www.pup.cn
电　　　　话:邮购部 62752015　发行部 62750672　编辑部 62767346
　　　　　　 出版部 62754962
电　子　信　箱:zyl@pup.pku.edu.cn
印　　刷　者:北京世知印务有限公司
经　　销　者:新华书店
　　　　　　　890毫米×1240毫米　A5　6.75印张　80千字
　　　　　　　2007年6月第1版　2012年6月第2次印刷
定　　　　价:11.00元

未经许可,不得以任何方式复制或抄袭本书之部分或全部内容。
版权所有,侵权必究
举报电话:(010)62752024　电子信箱:fd@pup.pku.edu.cn

出版说明

2001年，教育部颁布了《全日制义务教育语文课程标准》（以下简称新课标），旨在增强语文课程的现代意识，全面提高学生的基本语文素养。新课标对中小学语文学科的性质、基本理念及课程设置作了全新的阐述，同时对中小学的课外阅读量和阅读篇目作了较大调整，规定了学生各阶段的课外阅读总量，并列出了不同年级段的阅读书目，这对中小学生课外阅读内容的选择具有指导意义，从而增强了阅读的科学性，减少了盲目性。这套"语文课程标准课外读物导读丛书"，由著名作家、北京大学中文系教授曹文轩担任主编。每种书前均有导读文字，提供背景知识，有利于学生掌握所阅读的内容；另外，根据书的不同内容特点，附有阅读提示或评点内容，以便于开拓学生的阅读思路，加深阅读印象。希望我们这套丛书能带给广大中小学生一种全新的阅读体验。

导　　读

　　儿童的成长需要智慧与爱的浇灌，而儿童文学恰如春雨，滋润着一代又一代孩子的成长；尤其是一些儿童文学名著，比如这里呈献给读者的这部流传广泛、影响深远的童话《木偶奇遇记》，更能给孩子以智慧的启迪和性情的陶冶。

　　本书是意大利著名儿童文学作家卡洛·科诺迪的代表作。这部童话自从出版以来，受到了各国儿童的喜爱，并多次被拍成动画片和故事片，在世界各国广受欢迎。

一、《木偶奇遇记》作者简介：

　　卡洛·科诺迪(1826—1890)，原名卡洛·洛伦齐尼，1826年出生于意大利托斯坎纳地区一个叫科诺迪的小镇。他的笔名便是由这个小镇的名称而来。他生于一个厨师家庭，在教会学校毕业后，开始给地方报纸写稿。他积极参加意大利民族解放运动，并投入了1848年的意大利解放战争。科诺迪以儿童文学作品闻名于世，又精通法文，曾翻译过法国贝娄的童话。他先后写过《小手杖游意大利》《小手杖地理》《快乐的故事》等童书，他最著名的作品当然是《木偶奇遇记》。1881年的一天，科诺迪给他在《儿童杂志》工作的朋友寄了一些稿子，并附有一张纸条，说送上"这点傻玩意儿"，请朋友随意处理。这些稿子就是《木偶奇遇记》的前身。木偶匹诺曹的故事一经发表,立时引起了轰动,杂志社催着作者快写,最后形成了我们今天读到的《木偶奇遇记》。

二、《木偶奇遇记》内容简介:

一个叫泽皮德的老头没有孩子,他用木头雕刻出了一个木偶人,给他起名叫匹诺曹。匹诺曹虽然一直想做一个好孩子,但是难改身上的坏习性。他逃学,撒谎,结交坏朋友,几次上当还屡教不改。后来,一个有着天蓝色头发的仙女教育了他,每当他说谎的时候,他的鼻子就长长一截,他连说三次谎,鼻子就长得让他在屋子里转不了身。这时匹诺曹开始醒悟了,但还是禁不住坏孩子的引诱,又跟着到"玩耍王国"去了。几个月之后,匹诺曹的头上长出了一对驴耳朵,紧接着就变成了一头十足的驴子,并被卖到了马戏团。不久,匹诺曹在演出中摔断了腿,又被马戏团老板卖给了商人;就要被剥皮做鼓面了,在这紧急关头,还是仙女解救了他。匹诺曹跳入海中想逃跑,却险些被鲨鱼吃了。历尽艰险之后,匹诺曹决定痛改前非,他终于不再是木偶了,他变成了人类的孩子。

真正的人类的孩子应该是什么样的呢?匹诺曹历险的故事会一点一点地告诉你。

作者发挥丰富的想象力,不断制造悬念,使故事情节曲折生动,惊险迭起,引人入胜。作者把笔触深入到孩子的内心深处,用孩子的眼睛观察世界,用孩子的头脑思考问题,把人物描写得栩栩如生:匹诺曹既没坏到无可救药,也没好到无可挑剔,而是和现实生活中的许多孩子一样,心地善良、聪明伶俐,但又缺点不少。因此无论是大人还是小孩,读起来都倍感亲切,仿佛匹诺曹就是我们身边的人,或者就是我们自己。《木偶奇遇记》语言通俗易懂,文字朴素简洁,十分符合小读者的口味。

　　活灵活现的小木偶匹诺曹不仅仅是儿童的朋友,也是每一位成年人走进孩子世界、回忆儿童岁月的心灵伙伴。

目　　录

第一章 ……………………………………………………	(1)
第二章 ……………………………………………………	(5)
第三章 ……………………………………………………	(9)
第四章 ……………………………………………………	(16)
第五章 ……………………………………………………	(20)
第六章 ……………………………………………………	(23)
第七章 ……………………………………………………	(26)
第八章 ……………………………………………………	(31)
第九章 ……………………………………………………	(35)
第十章 ……………………………………………………	(39)
第十一章 …………………………………………………	(44)
第十二章 …………………………………………………	(49)
第十三章 …………………………………………………	(55)
第十四章 …………………………………………………	(60)
第十五章 …………………………………………………	(65)
第十六章 …………………………………………………	(70)
第十七章 …………………………………………………	(75)
第十八章 …………………………………………………	(82)

第十九章 ………………………………………… (88)
第二十章 ………………………………………… (92)
第二十一章 ……………………………………… (96)
第二十二章 ……………………………………… (99)
第二十三章 ……………………………………… (104)
第二十四章 ……………………………………… (111)
第二十五章 ……………………………………… (118)
第二十六章 ……………………………………… (122)
第二十七章 ……………………………………… (126)
第二十八章 ……………………………………… (134)
第二十九章 ……………………………………… (141)
第三十章 ………………………………………… (149)
第三十一章 ……………………………………… (155)
第三十二章 ……………………………………… (163)
第三十三章 ……………………………………… (170)
第三十四章 ……………………………………… (179)
第三十五章 ……………………………………… (187)
第三十六章 ……………………………………… (193)

第一章

樱桃师傅安冬尼看到了一段木头，它如同孩子一样，能哭会笑。那么，他是怎么看到的呢？

这是许多年以前的一个故事，有一个……

"一个国王，是吗？"小朋友们一定会立即自以为是地认为。

错了，小朋友们，这次你们没一个猜对的。这回呀，咱们讲的是源于一块木头的古老故事。

它并不是什么奇珍异木，只不过是一段普普通通用于烧火的木柴。也就是在寒冷的冬天，我们用于添加火盆和壁炉、以保持室内温暖的那类木块。

这其中到底是怎么回事，我也不是很清楚。总之呢，有那么一天，一位老木匠在他的店铺里，很偶然地发现了这段木头。这位木匠师傅正名叫安冬尼。由于他的鼻头总是油光发亮并且红得发紫，看起来很像一只熟得不能再熟的樱桃，所以，大家都爱以"樱桃师傅"来称呼他。

这段木头一被樱桃师傅发现，樱桃师傅简直乐坏了！他一边兴高采烈地搓着双手，一边低声地嘀咕：

"这回终于找着好材料了,正好用来做桌子腿。"

樱桃师傅话音刚落,手里便立即拿起了早已磨得锋利的斧子。他准备先把树皮削掉,大致做出桌子腿的形状。然而,正当樱桃师傅抄起斧子往下砍时,突然不知从哪儿传来了一声微弱的恳求:"下手不要过重了!"

这一叫声让一向心慈手软的樱桃师傅惊讶极了。

究竟是哪里传来这样的一声恳求呢?樱桃师傅瞪圆了双眼,在屋内到处搜寻,然而,四周一个人影都没见着。他谨慎小心地查看了工作台下,没人;接着又检查了一向关得严密的衣柜,也没人;打开用于装刨花和锯末的大箱,里面还是没人。最后,他还敞开了自己店铺的大门,检查了一遍门口的大街,依然是没有一个人影。真是让人迷惑,这究竟是谁在捣鬼?

樱桃师傅挠了挠头上的假发,笑了:"我清楚了,这声叫唤肯定是我脑中的幻想。不管它,还是接着干活吧。"

随后,他就又把斧子举起来,大吼一声挥向那段木头。

"哎哟哟,疼死我了!你砍伤我了!"刚才那低声的恳求此时已转为哭腔了。

这一回,樱桃师傅被吓得一动不动,呆立在那儿,如同一尊石膏像。这一哭叫带给他的恐惧实在太大了,他的眼睛似乎都要瞪出来了,嘴巴也张得特大,舌头都已经掉到了下巴那儿,脸上的表情呆滞得很,就像喷泉中的石雕像那么木讷。

过了好一会儿,樱桃师傅终于有了动静。他一边被吓得直

发抖,一边结结巴巴地开始自言自语:

"这一声'哎哟哟',究竟从哪冒出来的呢?……可是,这里四周没有一个人影!难道是这段木头在作怪?它能像小孩一样会哭会叽叽咕咕吗?不可能,这种事,说了谁也不信。这就是一根普通的烧火棍,和别的木头一样,用它来烧火,一样可以煮开锅里的毛豆,难道这里面还藏有什么人?没那么容易,无论是谁想要藏里头,我就让他瞧一瞧我的厉害。"

他刚一说完,便立即双手紧握那段木头,狠狠地把它摔向墙上。紧接着,他又停住不动,双耳竖起,试图探听是否还会有刚才那微弱的恳求声。两分钟过去了,没有一点动静;五分钟过去了,没有一点动静;十分钟过去了,还是什么动静都没有!

"我明白了。"樱桃师傅一边装模作样地嘿嘿假笑着说,一边搔弄着头上乱七八糟的假发,"那哎哟声一定是我自己的想象,不管他,还是接着干我的活吧。"

然而,他心里还是非常害怕。为了壮大自己的胆子,他就哼起了小调!

他哼着小调,放回了斧子,拿起了刨子。这一次,他准备将那段木头刨得光滑一些。然而,正当他上上下下起劲地工作时,刚才那种微弱的声音又传入了他的耳中。这回,那声音似乎在笑:

"你弄得我浑身发痒,别弄了!"

这一下,让人可怜不已的樱桃师傅就像被雷劈了个正着,当场倒在了原地。等他重新恢复神智时,他发现自己在地板上呆坐着。

樱桃师傅的脸已经被吓得惨无人色,因为过分地恐惧,他那一向红得发紫的鼻头,都已变得一片惨白。

第二章

樱桃师傅将木头赠给了他的一位朋友——泽皮德爷爷。泽皮德爷爷将这段木头制作成了一个精美的木偶。这个木偶能跳舞、打架,甚至还会翻跟头。

此时,恰好传来了一阵嘭嘭嘭的敲门声。

"请进。"樱桃师傅软弱无力地坐在地上说,他连站都站不起来了。

随后,木匠的店铺里便走进了一位精神抖擞、瘦瘦小小的老人。他的名字叫做泽皮德。但是,当四周居住的孩子们想惹一惹泽皮德爷爷,让他生气的时候,大家总爱叫他的外号,用"玉米糊"来称呼他。这一外号的来由嘛,是因为泽皮德爷爷的假发颜色实在太像玉米糊的颜色了。

泽皮德爷爷的脾气可暴躁了!因此,无论是谁管他叫"玉米糊",那就肯定惹火上身了!他立即就会龙颜大怒,暴跳如雷,无论是谁也没有办法安抚他!

"安冬尼师傅,你好。你在地板上坐着干吗呢?"泽皮德爷爷说。

"我在给小蚂蚁们讲课,教他们背诵算术的小九九。"

"你真是够累的啊。"

"泽皮德,是哪股风把你吹到我这儿来啦?"

"当然要归功于我的两条腿了。说笑话啊!安冬尼师傅。我登门造访,是想请你帮我一个忙。"

"当然可以,无论啥事,我都乐意为你效力。"木匠师傅一边说着,一边抬起身子试图站起来。

"是这么回事,今天清早,我突然想出了一个好点子。"

"哦,怎么讲。"

"我准备做一个能歌善舞又会翻跟头的美丽的木偶人。然后呢?我就带着他出门旅游,在路上,可以靠他讨一杯水酒、一块面包。你说,我这个想法如何?"

此时,刚才那隐隐约约的喊叫声不知又从哪里传了出来:"真是太好了!玉米糊。"

一听到有人叫他玉米糊,泽皮德立即就火冒三丈,脸被气得就像晒干的红辣椒。他一下子就跟疯子一样,对着木匠师傅吼道:

"你是想挨揍吗?"

"你在说谁想挨揍呢?"

"那你为什么叫我玉米糊?"

"我可不会那样称呼你!"

"除了你没别人,难道你想说是我叫的?"

"不,我没叫。"

"就是你!"

"不对!"

"一定是你!"

这两个人吵来吵去,越来越生气。到后来,吵嘴变成了打架。俩人你揪着我的头发,我揪着你的头发,又是撕又是咬,打得不可开交,真是一场别开生面的混战。

在这场恶战结束之时,安冬尼师傅用手抓着了泽皮德的黄色假发,而泽皮德呢,正用嘴叼着木匠师傅的灰色假发。

"还我假发!"

安冬尼师傅嚷着。

"还给你,可以,你也还我假发!这样吧,咱俩握手言欢,如何?"

两个老头达成了一致协议,互相交换了假发,随后各自紧握对方双手,发誓今生今世俩人都是好朋友。

"那,你想我为你做点什么呢,泽皮德?"为了向泽皮德表示和好如初,木匠师傅询问道。

"为了做木偶人,我需要一小段木头,你能帮帮我吗?"

安冬尼师傅一听,高兴极了。他立即跑到工作台,去取那段让他胆战心惊的木头。然而,正当他将木头送给他的朋友时,那段木头突然跳动了一下,随后便从木匠师傅手里使劲挣脱出来,正好狠狠地砸在了泽皮德瘦弱的小腿骨上。

"疼死我了!……安冬尼师傅,你就这个样子送东西给你的朋友呀！我都快被你打成瘸子了！"

"这不是我打的，我对天发誓。"

"难道又是我自己？"

"所有的事都怪这段木头。"

"我当然知道确实坏在木头身上，可将木头砸在我腿上的仍是你呀！"

"我没有砸你。"

"你这个骗人的东西。"

"你别招惹我，泽皮德！要不，小心我叫你玉米糊！"

"什么，什么，你这笨驴！"

"你就是玉米糊！"

"笨猪！"

"玉米糊！"

"傻猴子！"

"玉米糊！"

连续听到安冬尼叫他三次玉米糊，泽皮德暴跳如雷，突然狠狠地扑向木匠师傅。在这之后，当然又是一场恶战。

打完这一恶战之后，俩人伤痕累累，安冬尼师傅鼻尖上又添了两道抓伤，泽皮德的上衣掉了两颗扣子。俩人平分秋色，没有输赢。随后，俩人互相握手言和，再次发誓说今生今世仍是好朋友。

然后，泽皮德向安冬尼师傅表示了谢意，把那根惹祸的木头夹在胳膊下，一拐一拐，高一脚低一脚地回家去了。

第三章

　　制作木偶的工作,在泽皮德进了家门之后,就立即动工了。"匹诺曹"是他替木偶起的名字。从此,木偶人的捣乱开幕了!

　　一间狭小的地下室就是泽皮德的家。房子里的楼梯下有一个小窗户,它为整个房间带来了光明。家具仅有坐起来摇摇摆摆的凳子、廉价的床和摇摇欲坠的桌子。这是一个简陋得不能再简陋的家。

　　壁炉安置于屋角的另一端,炉子里的火烧得正旺。然而,当你仔细看时,那只不过是一幅画。画上还有一只正烧得热气腾腾的锅,似乎正炖着什么。这一切都是那么的栩栩如生、惟妙惟肖。泽皮德一回到家里,片刻也未休息,立即拿出了工具,准备开工了。

　　"什么样的称呼适合他呢?"泽皮德自顾自地念叨着说,"想起来了,我记得有一个非常好的名字叫匹诺曹,这肯定是一个能为他带来好运的名字。我所认识的人当中,有这么一家人,他们的名字都叫做匹诺曹。不仅爸爸、妈妈的名字叫匹诺曹,就连孩子们也都取名为匹诺曹。这一家人生活得非常快乐和幸福,他们中间最富裕的是一个要饭的。"

在为木偶人命名之后,泽皮德又开始埋头苦干,继续工作。时间没过多久,泽皮德爷爷便已陆续刻出了脑袋、额头与双眼。

就在双眼刚一刻好的那一刹那,一种难以置信的惊讶之情忽然流露在泽皮德爷爷的脸上。原来,他突然看到自己所刻的木偶双眼滴溜溜地转动起来了,这双眼在转了一周之后,便一动不动地盯住了他。

在这双眼睛一眨不眨地注视下,泽皮德不高兴了,他一边哼一边说:

"嘿,别总是看着我,你这讨厌的木头眼。"

对方没有任何答复。

泽皮德见没有动静,便又开始刻鼻子。没想到刚刻好,鼻子便自己飞速地长起来,不停地长呀,长呀,仅三两分钟的时间,就长成了一只特别长的鼻子。

泽皮德真是让人可怜。看来这只长鼻子脸皮还真够厚的,一边削它,一边一个劲往上长!泽皮德为了削好这只鼻子,弄得全身是汗!

在削好了鼻子之后,泽皮德开始做嘴巴了!

没想到,泽皮德还没将它完全刻好,它便已经开始嘻嘻地笑了,并且不断地嬉弄泽皮德。

"不要笑!"

泽皮德不高兴地说。但是,他的话简直没有一点作用,就像

木偶奇遇记

在对墙壁瞎嚷嚷!

"我已经跟你讲过了!别笑!"

泽皮德故意恐吓他。

可是,嘴巴刚不笑,舌头却又吐出来了!

"唉!看来我的工作是没有办法完工了!"泽皮德接着雕刻木偶,假装没有注意到木偶人的捣蛋。

在嘴巴和下巴完工后,泽皮德又一一完成了脖子、肩膀、胸、胳膊和手的工作。

木偶人的手刚被做好,它就一把扯下了泽皮德的假发。天哪,发生什么事了?泽皮德被吓了一跳,立即抬头向四周看。他发现自己的假发正被木偶人抓在手中。

"快点还我假发,匹诺曹!"

然而,匹诺曹听了这话,反倒把假发戴上了自己的脑袋。假发完全罩住了匹诺曹的脸,使他自己几乎没法透气了!

看到匹诺曹这么没有礼貌地捉弄他,泽皮德觉得极为伤心!这种难受的感觉对于他来说还是生平第一次。泽皮德站到匹诺曹面前,对他说道:

"你真是个调皮的小孩!我还没有彻底完工,你居然就戏弄起你的父亲大人了!你这个坏家伙!你真是个大大的坏家伙!"

泽皮德一边抹眼泪,一边数落着。

最后所需要做的工作只有腿和脚两个部分了。

然而,匹诺曹一等到脚做好,便对着泽皮德的鼻头猛地踢了一脚!

"老上他的当。我在工作开始时就应该想到事情会这样的!可是,如今已经迟了!"泽皮德自己唠唠叨叨地说。

随后,木偶人被泽皮德抱了下来,放在地板上。泽皮德想让他试着走走路。

可是,匹诺曹没一点用,两条腿不听话,一点也不会走路。泽皮德只好亲自手把手地一步步教他怎么走路。

匹诺曹渐渐学会了如何灵活地走动。随后,他便自己在屋里到处跑。跑到最后,他就打开了房门,跑到外面街上去了!

调皮的匹诺曹一蹦一蹦,像只兔子一样在前面跑得飞快。泽皮德真是让人可怜,在后面呼哧呼哧地追,可是怎么也追不上!匹诺曹那木头脚噔噔噔地踏在石板路上的声音,简直盖过了二十个农民的木头靴踏步的声音。

"捉住那木偶人!捉住那木偶人!"

泽皮德一边跑一边大声叫唤。然而,沿途的人们只是看着这个跑得像赛马一样飞快的木偶发愣!过了好一阵儿,才回过神来。于是,大家前俯后仰,哈哈地开怀大笑!

万幸的是,这时终于来了一个警察。他看到眼前吵吵闹闹的情景,为了维护治安,他叉开双腿,壮着胆子,拦在了大路中央。他一定是误以为哪个人手里的驴子跑脱了,决定要抓住它呢!

挡在路中央的警察早就被还在很远跑过来的匹诺曹看见

木偶奇遇记

了。他准备乘警察不注意,突如其来地从警察的胯下溜过去。没想到,他的如意算盘落空了!

警察站着一动不动,轻易就逮住了匹诺曹的长鼻子。看来这长鼻子是特地为警察便于捕捉他而做的。然后,匹诺曹就被警察交给了泽皮德。泽皮德马上伸手去揪匹诺曹的耳朵,想给他一顿狠狠的教训。然而,这回事情糟了——泽皮德居然哪儿也找不到匹诺曹的耳朵!让我来告诉大家这是怎么回事吧:原来,泽皮德急急忙忙地匆匆赶制匹诺曹的脸时,居然把这对耳朵给忘了!

所以,泽皮德能揪住的只有匹诺曹的后颈了!他一边带着匹诺曹往回走,一边摇头晃脑地恐吓匹诺曹:"咱们先回去。等回家了,我再慢慢跟你算总账!"

这句话刚说过,匹诺曹就被吓得扑通一声跌坐在地。匹诺曹再也不肯往回走了。没多久,一些瞎凑热闹和无所事事的人就蜂拥而来,大家你一句我一句,唠唠叨叨地讲了起来。

"真是可怜!木偶人不愿回去其实也是可以理解的。谁知道他父亲泽皮德回家后会如何收拾他呢!"围观的人中有人插嘴道。

随之,就又有人跟着故意起哄了:

"别看泽皮德表面上是个老老实实的人,其实他经常虐待孩子!假如木偶人被他领回家了,没准会被他撕得粉碎。"

警察听了人们七嘴八舌的起哄,就又让泽皮德放开匹诺曹。可怜的泽皮德反而被警察关进了监狱。受了这么大的冤枉,泽皮德只是一个劲地像小牛一样哭泣,根本找不到什么话来为

自己解释。泽皮德在被押向监狱的途中,不停地低声哭诉着:

"世上怎能有这样的坏家伙!他丝毫也不体谅,我为了做好他,付出了多大的艰辛!当然,这件事我也有责任,在事情发生之初,我就应该预料到这样的后果。"

后面将要发生的事,你会更加不相信。这些,我将在后面的章节给大家作一一介绍。

第四章

这是一个巧嘴蟋蟀与匹诺曹的故事。在以下的情节中,大家将会了解到,懂事的大人们教训调皮捣乱的小孩是多么让孩子们厌烦。

小朋友们,准备好了吗?以下我们要讲的故事,都是发生在被冤枉的泽皮德被关进监狱之后的事了!

调皮的匹诺曹一逃脱警察的手掌心,便一心想往家跑,他就像一只被猎人追捕、疲于奔命的小山羊或小白兔,使劲往前奔跑,穿过田野,爬过高高的土坡,穿越荆棘丛林,跳过积水的壕沟!

就这样狂奔着,匹诺曹又回到了家门口。临街的家门还开着一丝小缝,匹诺曹一溜烟便推门而进了。门闩被匹诺曹从里头牢固地插上之后,他放下心来,舒了一口长气,咚的一声跌坐在地板上。

然而,他刚喘过气来没多久,就又被吓了一跳。有一个声音不知从家里的哪个角落传了出来:

"唧,唧唧——!"

"有谁在喊我吗?"

第四章

匹诺曹胆战心惊地问。

"是我,是我。"

匹诺曹回过头,四周张望。然后他看见了一只大蟋蟀,正沿着墙壁往上爬。

"怎么啦,你是什么家伙,蟋蟀?"

"我是一只巧嘴大蟋蟀。我居住在这个家里已经有一百多年的历史了!"

"如今这个家已经属于我了!你假如不愿惹我生气,就立即滚出门去!"木偶人说。

"我可以离开这里。但是,在我离开之前,我有一句重要的话想对你说明白。"蟋蟀说道。

"有话快说,说完立即滚蛋!"

"随便离家出走,不听从父亲教训的孩子,是不会有好运气的。这种孩子无论走到哪里,都不会过得如意。过不了多久,他就将后悔莫及!"

"嘿,讨厌的蟋蟀!随便你想叫啥就叫啥吧!我也预备好了,明天清晨我就离开这个地方。在这个地方待着过活,我肯定会像别的孩子一样——被送去上学,引诱我,劝我念书。可是,说真的,我一点也不想读书。有很多比这有趣的事,如抓蝴蝶、爬树、掏鸟窝。"

"你真是个让人可怜的大笨蛋。你知不知道,你这样生活,长大之后,大家会嘲笑你的。"

"闭上你的嘴,讨厌的蟋蟀,不要说这种倒霉的话了!"匹诺曹叫道。

然而,这种没有礼貌的话并没有惹火沉着理智、有知识的蟋蟀,它仍然冷静地接着说:

"你要是不想学习,也应该学门手艺,以后也能靠它挣挣面包,以此过活。"

"然而,虽然生活中谋生的工作很多,但是只有一个能实实在在地满足我的愿望。"

"哦!你指的是哪种工作?"

"就是一天到晚无所事事,四处溜达,吃饱了喝足了就睡,睡够了就出去玩!"

"这种事也配称之为工作!一般这种人大多数的结局都是被送到慈善医院或被关进监狱。"巧嘴蟋蟀仍然耐着性子说道。

"哎哎!你这只笨蟋蟀真让人倒霉!你招惹了我,你会触霉头的!"

"匹诺曹你真可怜,你实在太让我感到可怜!"

"我哪有什么让你可怜的?"

"你是个可怜的木头人,甚至于你的大脑都是木头制成的。"

这最后的一句话让匹诺曹禁不住暴跳如雷,他一下子蹦了起来,拿起工作桌上的木槌狠狠地砸向这只巧嘴蟋蟀。

其实,匹诺曹并不是真的想砸它。然而,蟋蟀真是倒霉,那个木槌恰恰就打在了它的头上。"唧——唧。"可怜的蟋蟀发出了几声微弱的呻吟,便倒在墙角那儿,死了!

第五章

　　匹诺曹的肚子饿坏了,他准备煎个鸡蛋来充饥。但是,正当他嚓嚓打破蛋壳时,鸡蛋里突然冒出一个小家伙,并从打开的窗户跳了出去。

　　时间过得飞快,天已经慢慢暗下来了。匹诺曹的肚子突然咕咕地响起来,他才记起自己一天来还没吃东西。匹诺曹想到这儿,他就饿得控制不住了。

　　小孩子一般都这样,肚子如果咕咕地响了起来,便怎么也止不住,一个劲地咕咕响个不停!就这样持续了几分钟后,肚子就再也忍受不住了!整个人就变得像一只饿狼,看见什么都想扑上去通通吃光。

　　于是,匹诺曹撒腿就奔向壁炉,准备去找点吃的。因为那里有一只正烧得热气腾腾的锅。匹诺曹正准备揭开锅盖,查看到底有什么好吃的!可是,他立即就大失所望了,因为他发现那只是一口画在墙壁上的锅!如此一折腾,匹诺曹那只长鼻子眼见着又往上长了十厘米。

　　然后,匹诺曹便在屋里跑来跑去,四处翻箱倒柜,屋里的东西统统翻了个底朝天。他想找点只要是能放在嘴中嚼一嚼的食物便满足了！一块像石头一样硬的面包渣、一小片面包皮、预备给狗吃的骨头、已经发霉的玉米糊、鱼刺、桃核都可以！然而，他又失望了，什么东西都没有，到处都找不到一点点食物！

匹诺曹一边寻找食物，一边饿得肚子咕咕直叫。匹诺曹真可怜呀！他没有别的办法，只好不停地打打哈欠以抵消一下肚子的饥饿。那哈欠打得太大太多了，其中有几次嘴巴都已咧到耳朵边了！哈欠打累了之后，匹诺曹又开始吐口水，吐到后来，胃里都给吐空了，就连胃仿佛都要从嗓子眼蹦出来似的！

匹诺曹已没有一点办法可想，只是呜呜地哭泣：

"巧嘴蟋蟀说得对极了！我如果不逃走，听从爸爸的教训，那该多好呀。倘若爸爸在我身边，我肯定不会饿成这样的，也不需打哈欠了！哎哟哟！原来最可怕的病是肚子饿呀！"

突然，垃圾堆那儿仿佛蹦出来一个像鸡蛋一样又白又圆的东西。匹诺曹一看，立即奔了过去，直扑那东西。呀！还真对，果真是一个鸡蛋。

木偶人乐坏了。他的表情简直没法用语言来描述。这模样，小朋友们可以自己想象了！匹诺曹觉得自己像在做梦！他不相信地用双手捧着鸡蛋，颠来倒去地看，摸了又摸，亲了又亲，并且一边亲一边说道：

"我怎么来做这个鸡蛋呢？是做蛋卷，还是煎蛋？抑或是炒着吃？要不，煮成半熟也挺好吃的。当然，如果讲速度的话，还是用煎锅煎荷包蛋！我已经快要饿疯了。"

一说完,匹诺曹便开始行动了。他把锅放在火盆上,火盆里还有一点点余火。由于没有牛油、豆油,他加了点水在锅中。一会儿,水便开始热气腾腾了!鸡蛋嚓的一声,被匹诺曹打破了。匹诺曹准备把鸡蛋倒入锅中了!

然而,蛋清、蛋黄并没有从蛋壳中倒出来!倒出来的是一只说奉承话讨好人的小鸡。小鸡有礼貌地鞠了一躬,说:

"哎哟,简直太谢谢您了,匹诺曹先生。多谢您了!我这下子省了好多事,也不用啄蛋壳就出来了。好了,再见!祝您幸福,并向您的家人道一声祝福。"

小鸡一说完,扑腾扑腾翅膀,穿过打开的窗户,飞了出去,没多久,就已不见踪影。

木偶人可怜兮兮地张大嘴巴呆立在原地,一双眼睛瞪得老大,就像被人施了什么法术。他手里拿着剩下的蛋壳,半天都没回过神来。

过了好久,他终于恢复了理智,这下可炸锅了!他跺着脚,又是哭又是闹,边哭边说道:

"巧嘴蟋蟀说得对极了。倘若我不逃走,仍旧呆在爸爸的身边,我就不会饿成这样了。哎哟哟!哎哟哟!原来有这么一种可怕的病叫饥饿呀!"

匹诺曹的肚子又开始叽叽咕咕地闹开了!不论他怎么努力,也没办法控制自己。所以,匹诺曹准备到屋外去,到近处的树林里去溜达溜达。在他看来,也许他运气好,能碰见一个善良的人,会送他一片面包或其他食物。

第六章

　　匹诺曹睡着了,可是他的双脚却还搁在火盆上。次日清晨,当他醒来时,他发现自己的双脚被烧没了。

　　这是一个寒冬的夜晚,外面的天气糟透了,又是闪电又是雷鸣,整个天空就像一片火海。狂风卷起满天的尘土,疯了一样地呼啸着,吹得人浑身冰凉。整个田野中的树木都被风吹得吱吱响。

　　闪电和打雷是匹诺曹最恐惧的!当然,这种恐惧与饥饿比较而言,还在其次。所以,即使是这种情形下,他还是一下子就冲出了家门。扑腾、扑腾,在连续跳了一百多次之后,他终于到达了附近的一个小村庄。匹诺曹累得直喘粗气,他的舌头像猎犬一样伸出来,垂在外头。

　　然而,展现在他眼前的是一片漆黑,村子里没有一个人。每一个商店的门都关着。每一户人家也都门窗紧闭。村里的小路上,甚至一只小狗也看不到。整个村庄一片死寂。

　　难以忍受的饥饿使他忘记了一切,匹诺曹奔到邻近的一户人家,拉响了人家的门铃,而且一直拽个不停。他心中认为:

"这样的举动肯定能让主人出来。"

木偶奇遇记
Muou Qiyu Ji

事情还果真如此。一个头上戴着睡帽的老头出现在窗后，他气急败坏地叫着说：

"都已经深夜了，有什么事情吗？"

"请原谅，我能讨点面包吗？"

"你等着吧，我立即进去取。"老头儿答道。但是，老头儿心里却忍不住想，这么晚了，拉人家的门铃，这一定是个调皮捣蛋的孩子，他一定认为半夜吵醒沉睡的人们是件愉快的事情。

窗子不到一分钟又打开了，老头儿响亮的声音从里面传了出来：

"过来，到窗子下面来，用你的帽子接着吧！"

可是，匹诺曹没有帽子，他只好空着双手来到了窗台下面。没想到，窗台上面迎头倒下了一大盆水。匹诺曹浑身上下被水淋了个湿透！整个人看上去就像一盆蔫掉的向日葵。

匹诺曹又饿又累，像一只落汤鸡一样，软弱无力地走回家。他一点力气也没有，站都站不住了，一屁股坐在了地上。然后，那一双沾满泥土、湿透了的双脚就被匹诺曹搁在了炭火烧得正旺的火盆上。

就这样，匹诺曹双脚搁在火盆上呼呼地睡着了。但是，匹诺曹那双脚是木头制成的，一个晚上下来，最后他的这双脚被烧成了灰。

如此可怕的情形，匹诺曹是一点都不知情的！他天塌下来也不知道，一直呼呼地打着鼾，睡得可沉了。最后，到天亮的时候，一阵敲门的声音把匹诺曹吵醒了。

"什么人呀?"

匹诺曹一边打着哈欠,一边擦着双眼问道。

"是我!"

有人回答说。

这声音是泽皮德的。

木偶奇遇记
Muou Qiyu Ji

第 七 章

　　回到家之后，倒霉的泽皮德出于怜惜，将捎回来给自己果腹的早餐让给了匹诺曹。

　　倒霉的匹诺曹仍旧是糊里糊涂，尚未睡醒，他压根不知道自己的脚已经烧成灰了！因而，当他听到了爸爸的声音，就立即蹦下椅子，准备去开门。然而，随着几下摇晃，他扑通一声笔直地躺倒在地上了。

　　这一声巨响，就像从六层楼上摔下了一只装满木勺的口袋。

　　"开开门！"

　　这时，仍然站在外面街上的泽皮德又叫道。

　　"爸爸，我没有办法过去开门呀！"

　　木偶人在地上爬着，一边哭泣着，一边说道。

　　"你怎么会开不了门呢？"

　　"有人把我的脚吃了！"

　　"是谁呀？"

　　"是一只猫。"

　　他恰好此时一回头看见了一只正用前爪玩刨花的猫，所以，他顺口答道。

"叫你开门，你就打开吧。你再不打开，待会儿我进去了，叫猫再咬你！"泽皮德再一次叫道。

"可是，我是真的没办法，真的站不了了！完了完了，从今往后，我永远都只能靠膝盖走路了！"

泽皮德想，木偶人肯定又在搞什么鬼把戏了。所以，他为了阻止这一闹剧，只好爬墙，最后，从窗户那儿蹦进了屋里。

起初，泽皮德准备凶狠地训斥一顿匹诺曹。没想到，进了屋，见匹诺曹真的倒在地板上，双脚也没了，一副可怜的模样。于是，泽皮德心又软了。他马上将匹诺曹从地上抱了起来，一遍又一遍地亲着、抚摸着。可怜的匹诺曹这样落魄的样子让他伤心得热泪滚滚而下！泽皮德哭泣着说道：

"谁把你的脚烧成这样了，我可怜的匹诺曹。"

"我也不清楚，爸爸，可是，昨天我度过了一个可怕的夜晚，是真的！我一辈子也不会忘记昨天夜里发生的事。闪电刺眼，雷声轰鸣，而且我饿得都快受不了了！能说会道的大蟋蟀曾经说过：

"'结局是必然的，你受报应，是因为你行为不端。'

"我对它说：

"'别瞎说，你这坏蟋蟀！'

"然而，蟋蟀又说道：

"'你这木偶人，你是个木头脑袋。'

木偶奇遇记

"我生气了,所以捡了木槌砸了它一下,没想到,它就这样死了。但是,我并不是故意打死它的,是它自己不好。后来,我又在燃烧的火盆上架上了锅,准备煮鸡蛋吃,没想到,蹦出来的是一只小鸡,它这样说道:

"'再见,请替我问候一下你的家人。'

"我饿到后来,越来越难受了。后来,从窗户里头又探出来一个戴睡帽的老爷爷,他说:

"'你到窗户下来,用帽子接住!'

"结果,劈头而下的是一盆水,把我浑身上下都淋湿了。其实,讨一点面包又不过分,你说是吗?后来,我就立刻回来了。但是,我真是饿惨了,全身又湿了。后来,为了烘干双脚,我就把它们搁在了火盆上。等爸爸回来的时候,我的双脚已经烧没了。别的都不说了,我都快要饿死了,双脚也被烧了……呜呜——呜呜——呜呜——……"

可怜兮兮的匹诺曹说到这儿,大滴大滴的眼泪直往下掉,后来,干脆大声地哭起来。五公里以内的地方都能听见他的哭声。

匹诺曹讲得乱糟糟的,让人似懂非懂。但是,这当中有一点泽皮德听得再清楚不过了,那就是匹诺曹已经快饿昏了,所以,泽皮德口袋里的三个梨不由自主地被他的主人拿了出来,送给了匹诺曹。泽皮德一边交给他一边说:

"这是我为自己预备的早餐,三个梨。不过,既然你这么饿,我很乐意给你充饥。来,吃了它们吧,这样你就不会这么软弱无力了。"

第七章

"如果这是给我吃的,你就应该替我削了皮。"

"什么话?我替你削皮?"泽皮德非常惊讶地反问他说,"你给我听清楚了,小子。我从来没想到过,你是一个如此挑剔的东西!不行,不行。一个人的一生,应该从小就不挑食,应该什么都能吃。世上的事,谁也难以预料,什么意外情况都会发生。"

"说得倒也有道理,"匹诺曹说,"可是,我从来都不吃没削皮的水果。不管怎样,我也不吃。"

所以,善良的泽皮德只好忍着脾气,掏出了小刀,替木偶人削去了梨皮,随后,又将梨皮都收集在桌角。

第一个梨很快就被匹诺曹狼吞虎咽地吃了,当梨核正要被木偶人丢掉时,泽皮德及时地阻止了他:

"千万别丢了。生活中的一切东西都有各自的用途。"

"无论如何,我也不能吃梨核吧!"匹诺曹像蛇一样伸长脖子嚷道。

"这也说不定。也许,过一会,你就想吃梨核喽!"泽皮德好脾气地对匹诺曹重复着说。他不想和木偶人争吵。

所以,这样一来,三个梨核和梨皮一块儿被泽皮德收集在桌角,没再被抛出窗外。

三个梨不能说是被匹诺曹吃了,形象一点来说是被匹诺曹囫囵吞枣似的吞了下去!他吞完之后,一边呜呜打着哈欠,一边又哭泣着嚷道:

"我还是很饿！"

"但是，我这已经没有任何食物可供你享用了！"

"没有任何东西了？的确啥也没了？"

"只剩下刚才的梨皮和梨核了。"

"别无他法了，"匹诺曹道，"要是没有其他吃的，就凑合凑合吃梨皮和梨核吧。"

于是，梨皮首先成了匹诺曹的嘴中之食。他尝试着先咬了一小口，咧着嘴觉得难吃，但是，他饿坏了，也顾不上那么多，飞快地咔嚓咔嚓一块块地吃起来。转眼之间，三个梨的皮都被他吃得干干净净。吃完梨皮之后，匹诺曹又继续啃梨核。直到全都吃光了，匹诺曹才觉得心满意足，他拍着自己的肚子说道：

"我这一次真的饱餐了一顿，彻底饱了。"

"是吧！"泽皮德说，"我刚刚所说的每一句话是不是正确？无论什么时候发生什么事情，千万不要只顾怨天尤人，千万不要挑剔食物。因为谁也难以预料，何时会有意外发生。懂了吗，匹诺曹？世界上任何事情都是有可能发生的。"

第八章

匹诺曹烧掉的双脚又被泽皮德再一次做好了。泽皮德还将自己的上衣卖了,替木偶人买了语文课本。

肚子刚刚停止了饥饿,匹诺曹却又马上叽叽咕咕地哭泣起来。原来呀,他希望能拥有一双新的脚。

然而,泽皮德半天也没搭理他,想以此治一治调皮捣乱的匹诺曹。等他哭够了之后,泽皮德才说道:

"你想我为你再做一双脚,有什么正当的理由吗?是不是又想逃出家门了?"

"我再也不那样了。" 木偶人哭泣着说,"我可以发誓,从今往后,我会是一个听话的孩子。"

"小孩子们为了得到自己想要的东西,总是说这样的话,"

"我一定去上课,努力学习,拿个优秀奖。"

"小孩子们为了得到自己想要的东西,总是将类似的话说了一遍又一遍。"

"可是,我跟别人不同!其他所有孩子都比不上我好,我永远都不会撒谎的,爸爸。我发誓,我一定好好学一门手艺。如果爸爸将来老了,我会舒舒服服地服侍你,取代你拐杖的地位。"

木偶奇遇记
Muou Qiyu Ji

泽皮德的脸上一直装出一副怵人的模样，然而，当他听到调皮的匹诺曹这么温情的话语，他禁不住热泪盈眶，感动极了。于是，泽皮德再也不想说什么了，他拾起了木匠用具，又挑了两根最好的木料，一心一意地工作起来。

匹诺曹的一双脚还没有用一小时，就被泽皮德做好了。那双脚真漂亮！它们看起来苗苗条条的，同时又非常灵活，充满了力量。这简直就像艺术家制作的工艺品！

泽皮德做完双脚后，对木偶人说：

"把眼睛闭上，睡一下子吧。"

于是，匹诺曹把眼睛闭上了，并且装出一副已睡着的模样。在此期间，泽皮德先将一些胶放在蛋壳里熔化好，然后，便用这些胶将匹诺曹的双脚粘好！这真是一门艺术，粘好之后，没有谁能发现一丝粘贴的痕迹。

木偶人立刻感觉到自己的双脚已经粘贴完工了。他迅速地跳下所躺的桌子，又开始折腾起来。他蹦啊，跳啊，是那么的高兴。不知道的人还以为他已乐得发疯了！

"谢谢你替我做的所有事情，为了报答你，我这就立刻去上学。"

"你真伟大！"

"可是，应该穿上衣服去上学吧？"

然而，泽皮德家里一文钱也没有，他是一个穷光蛋。所以，他只好用纸替匹诺曹做了一件衣服，鞋子是用树皮做的，帽子是用软面包做的。

匹诺曹穿戴好之后,立即兴冲冲地奔到了一个装满水的大脸盆那儿,装模作样地来回照镜子。他兴高采烈看着自己在水中的倒影,神气极了。随后,他假装一本正经地走来走去,一边走一边说:

"我是不是像一个高贵的绅士呢!"

"确实挺像的。可是,"泽皮德说,"有一点你必须牢牢记住,并不是衣着名贵才是绅士,只要衣着干净得体就可以做一个绅士。"

"可是,"匹诺曹接着说道,"既然是上学,我老觉得似乎还少点什么。是了!是了!最重要的一样东西都被我们漏了。"

"什么东西呀?"

"语文课本还没买呀!"

"对呀,然而,如何能有一本语文课本呢?"

"那真是太简单了,书店就有卖的,去买一本呗!"

"可是,哪有钱呢?"

"我可没钱。"

"我也一样没钱。"善良的泽皮德伤心地说。

本来匹诺曹是一个相当乐观的孩子,然而,在此情景之下,他也难免有些伤心。这么困顿的生活,这样的穷苦,就连孩子也能体会得到。

"行了,你稍等片刻吧!"

泽皮德一边猛然站立起来,一边大叫一声。随后,他穿上一件到处都是补丁并且相当粗陋的上衣,奔出了家门。

没过多久,泽皮德又回来了。他买回了儿子所需的语文书。但是,他刚才穿出门的外衣却没有了!这一天,正下着纷纷扬扬的大雪。然而,泽皮德身上却单薄极了,只有一件衬衣。看着他,真叫人心酸!

"你的上衣呢,爸爸?"

"我卖了。"

"干吗卖了它呢?"

"因为我实在太热了。"

这一次,匹诺曹马上领悟到了爸爸话里的一片苦心。他一下子觉得感动极了,禁不住突然抱住了泽皮德的脖子。然后,他便一遍又一遍地亲吻着泽皮德的脸。

第九章

为了能看上一场木偶剧,匹诺曹把语文课本给卖掉了。

大雪终于停了。于是,匹诺曹带着新买的语文书兴致勃勃地上学去了。途中,许许多多即将发生的事情被匹诺曹想象得美好极了!

他心中不住地念叨着:

"今天上学,我马上学习字的发音,明天学习字的书写,后天再学习数学。从今往后,我要利用我自己的聪明才智去赚大把大把的钞票。第一次赚的钞票,我应该用来购买一件精美的毛料衣服,送给爸爸。这件衣服呢,我还要用金银丝线来加工制作,并且为它缝上宝石纽扣。为了爸爸,我一定得这样做。爸爸为了我上学,替我买了课本。可是,他自己却只有一件衬衣穿!现在,天又是这么寒冷……我要一心一意只替爸爸计划。"

正当匹诺曹自己唠唠叨叨、感慨万分之时,一阵热闹的笛子声与鼓声从远方传了过来,嘀——嘀,咚——咚——。

匹诺曹立即挺直了身子,耳朵紧张地竖了起来。听,声音似乎正从一个悠长的深巷中传来。那里似乎是一个可以通往海边的小村庄。

木偶奇遇记

"那里发生什么事了?去瞧一瞧吗?但是,我现在得去上课了……要是可以不上学就好了!……"

一时之间,匹诺曹犹豫不决了。但是,不管怎样,到底去上学,还是去听笛子,得作一个抉择。

"算了,今天先去听笛子吧,明天再去上学也一样。反正,什么时候去上学都行!"调皮的木偶人自我安慰着,耸了耸肩,说道。

说着,匹诺曹就已经奔进了小巷。他一路小跑着,往前飞奔而去。跑得越近,传来的鼓声和笛声就越清晰。嘀——嘀,咚——咚……

转眼之间,匹诺曹便出现在了人头攒动的广场中间。一个围满各种彩色帷幕的木头小屋被人们围观着。

"那座小屋发生什么事了?"

匹诺曹问身边似乎是同村的一个孩子。

"你自己看海报嘛,海报上明明白白地写着,你一看就清楚了。"

"我挺想自己看的,但是,太不凑巧了,我今天还没学会识字。"

"你这个笨蛋,真拿你没法子。行了,行了,我读一遍,你听着。海报上刷着一行鲜红的大字——木偶大剧院。"

"木偶剧是不是早已开始了?"

"马上要入场了。"

第九章

"入场票要多少钱？"

"四个硬币。"

匹诺曹早已按捺不住想进去的冲动了！他厚着脸皮向那个孩子恳求道：

"你能先借我四个硬币吗？明天，我就可以还你。"

"我挺乐意借给你的，"小孩讽刺道，"但是，今天不可以。"

"用我的上衣来换你四个硬币吧。"

"这种花纸片做的上衣根本没有用。一旦下起雨来，淋湿了，就没法子脱了。"

"我的鞋，你想要吗？"

"可以用来点火炉。"

"帽子能值多少钱？"

"这不行。是面包吧？把它戴在头上，肯定要招来耗子的。"

匹诺曹气急败坏了，终于，他准备出卖自己最后一件物品了。他欲言又止。他踌躇了好一会儿，到底说不说呢？最后，他还是开了口：

"我有一本崭新的语文书，你愿意用四个硬币换吗？"

"我只是一个小孩，因此，小孩的东西我从来不要。"那个孩子答道，他比匹诺曹成熟多了。

正在这时，一个旧杂货店老板接上了话头，他一直在倾听两个小孩的对话，"这本书，我愿用四个硬币买。"

于是,这本书当时便被匹诺曹卖了。不过,不知大家还记得吗?待在家中的泽皮德,这会儿正冷得直哆嗦!为了替儿子买这课本,他把外衣卖了,自己只剩了一件单薄的衬衣。

第十章

匹诺曹被其他木偶兄弟们看见了。他们热情地拥他上台。但是随后,木偶剧团的班主就出来了。为此,匹诺曹差点出了意外。

匹诺曹进入木偶戏剧院之后,有一件不同寻常的事发生了。没多久,更大的闹事就随之而来了。

大家先要明白的是,大幕早已在匹诺曹进来之前升起了!戏剧已经正式上演。

当时,舞台上有两个小丑就像平常一样,正在拌嘴。随后,便展开了手搏与棍战。

观众都被舞台上的剧情深深吸引。两个木偶小丑的拌嘴,逗得观众捧着肚子哈哈大笑。他们就像真正的人一样,尽情地表演着。许多互相怒骂的话都被他们讲遍了!

然而,恰恰在这个时候,俩人中的一个名叫阿奇多的小丑不知为何,忽然中止了讲话。他猛然转过头面对着观众,一边指着远处席位上的某个人,一边拿腔作调地嚷道:

"真是上天显灵!这到底是梦还是真的?那边坐着的不就是匹诺曹吗?"

"对,那真是匹诺曹!"

那时,另一个小丑也嚷了起来。

"对,一点没错!"一个名叫诺莎娜的木偶也从后台伸出头来,尖声尖气地叫道。

"就是他!就是匹诺曹!"

所有的木偶人都从后台钻了出来,一齐大叫道。

"那是匹诺曹,他是我们的兄弟!万岁!匹诺曹!"

"来,匹诺曹,到台上来!"阿奇多叫道,"赶快投身到你的木头兄弟中间来吧!"

在这么热情的召唤下,匹诺曹没法再维持原状了。他纵身一蹦,从后面的观众席中跳进了前排的特等席,又由特等席纵身上了乐队指挥的头顶,最后,再一蹦,跳上了舞台。

此时的舞台立即炸开了锅。戏剧团的男女木偶演员都热情地拥抱了匹诺曹。他们搔着匹诺曹的胳肢窝,以此表示着友好;嘭嘭地敲着匹诺曹的头,以此表示着兄弟的真情。

这样的动人场面,足以感动每一个人。但是,戏没有了一点进展,观众们也就没了等待的耐心!于是他们齐声起哄了:

"继续上演!继续上演!"

然而,无论怎么叫喊,一点作用也没有。木偶们不仅没有继续表演,相反,吵闹得更加厉害,甚至将匹诺曹抬在肩上,大模大样地拥至舞台脚灯处的前面。

木偶剧团的班主,在这种吵闹声中,不得已也蹦上了舞台。他是一个丑陋、可怕的大粗个。这个班主,你只要看一眼,浑身

便会起鸡皮疙瘩!他留着一把黑漆漆的长胡子。这长胡子一直从下巴拖曳到地。他每走一步,十有八九要绊倒在自己的胡子上。他的脸上长着一张血盆大口,一双水晶灯笼一样火红的凸眼。他的手上,总有一根粗鞭子从未离开过。这是一根由蛇和狐狸尾巴混编而成的鞭子。它总是被班主噼噼啪啪地甩来甩去。

班主的乍然闯入,吓了大家一跳。大家都缄默了,甚至大声喘气都不敢。整个台上,静悄悄的,恐怕连苍蝇振翅的声音都能听清楚。所有的木偶们,都在发抖,扬起一片沙沙声,就像狂风吹响了树叶!

"你这混账东西!老爷的戏剧,你也敢捣乱!"剧团班主扯着破伤风似的公鸭嗓子嚷道。他就像一个吃人的恶魔!

"错了,这并不怨我,班主。"

"闭嘴吧!我到今天夜里,再来和你算总账!"

班主说这话可是一点也不假的。在戏剧闭幕之后,厨房里就出现了班主的魔影。当时,晚餐还正在做着,火炉上有人正在烤着一只绑在棍上的羊。恰好此时,缺少一点火候,烤羊还须加入一根木料。所以,阿奇多和波几娜被班主唤了过来,他嚷道:

"刚才捣乱的木偶还被拴在钉子上。去,把他拖来。做那混蛋的木头似乎很干燥。用他来添火,一定很有效果。噼噼啪啪烧一阵,我就有上好的烤羊肉吃了!"

怎么办呢?阿奇多与波几娜在那儿踌躇着,不肯动身。班主生气了,狠狠地瞪了他们一眼。于是,他俩害怕了,抖着身体,执行了班主的指示。一会儿功夫,倒霉的匹诺曹就被他俩拽着胳膊拖了过来。匹诺曹拼命地挣扎着,就像一条缺水的鳗鱼。他一边扭动着身躯,一边大叫道:

"快来救我,爸爸!我快要没命了,我还不想死!"

木偶奇遇记
Muou Qiyu Ji

第十一章

班主"吞火人"的大喷嚏保住了匹诺曹的性命。随后匹诺曹又意外地成了好友阿奇多的救命恩人。

"吞火人"是班主的外号。他的模样真叫人害怕,就如同他的外号一样,所有见过他的人,都很怕他。尤其怵人的是他那一大捆从胸前拖到地上、就像罩着围裙一样乌黑的长胡子。可是,说真的,如果你了解他,其实班主的心也挺软的,并没有看上去那么可怕。

信不信由你。这时,倒霉蛋匹诺曹已被拽到了班主跟前。他一直在拼命挣脱,一边哭泣一边呼喊:"我不想死!别让我死!"班主看到这一情形,立刻动了恻隐之心。起初,班主还压抑着自己的怜悯,然而,终究没有控制住。他那洪亮的大喷嚏突然"啊——嚏"一声便喷涌而出了!

阿奇多悲痛极了。这期间,他都是滞滞呆呆的,就像一根软弱无力的柳条。突然,班主的一声喷嚏传来,快乐的表情立即替换了阿奇多脸上的悲伤。他低声对着匹诺曹的耳朵说道:

"老兄,行了。打喷嚏便意味着班主开始同情你了。对于你来说,险情已经解除。"

第十一章

　　无论何种人,正如大家所知,怜悯一个人时一般表现为哭泣;如果不哭泣,也可以装一装抹眼泪。然而,班主"吞火人"的行为却大为异常。只有打喷嚏才是他真正被感动的时候。总而言之呢,这种方式同样也表达了他那已经软化的心情。

　　喷嚏被抑制住了之后,班主又开始怒吼了。他又摆出了一副恶狠狠的模样。

　　"哭什么?你这种哭声,烦死我了!搅得我胃里不舒服……我的胃都快要抽筋了,真是的,怎么搞的!啊——啊——啊嚏!啊嚏!"

　　班主无法抑制地接着打了两次喷嚏。

　　"祝你健康长寿!"匹诺曹道。

　　"多谢了。你的爸爸妈妈呢?他们的身体不错吧?"班主"吞火人"询问道。

　　"我从没见过我妈妈。爸爸的身体还挺不错的。"

　　"如果你被我用来添火了,你爸爸肯定会被痛苦击倒。唉,多让人心酸呀,我是很清楚一个做父亲的心的……啊——啊——嚏,啊嚏、啊嚏!"

　　连续三个喷嚏又没被抑制住!

　　"万寿无疆!"匹诺曹道。

　　"唉,多谢,但是,你应当站在我的立场想一想!烤羊还没熟,需要添木头。这情形,你也是看到了的。木柴呢,是一根也没有了!说真的。你此时的出现太巧了!正好可以用来添火!不过,你已经让我动了恻隐之心。我呢,只好放过你了。可是,总得有人来接替你的位置吧。木偶剧团里的其中一个得被送来烧火。士兵,过来一下!"

两个木头士兵听到指示,立即走了过来。这是两个让人看了发怵的士兵,瘦高的个子,头上顶着一个三角帽。他俩的手里都拿着军刀,而且军刀已经出鞘了!

班主扯着破嗓子指示着他俩:

"你们俩去把阿奇多拖过来,一定要把他绑紧点!带来之后,把他扔到火里。这样的话,我这只肥羊才能烤出香味。"

这下子,阿奇多倒霉了。班主的话吓得他双腿发软。只听扑通一声,他趴倒在地了!

匹诺曹坐不住了。这么悲伤的场面,促使他飞奔至班主跟前。他跪了下去,然后便开始大声地哭泣。他的泪水喷涌而出。班主那可怕的长胡子都被弄得湿漉漉的!他一边哭一边伤心地哀求着:

"班主大人,请发发慈悲吧。"

"大人?这里不存在!"

"勇士,请发发慈悲吧。"

"勇士?这里也没有!"

"三等功勋的得主,请发发慈悲吧!"

"三等功勋的得主?更没有!"

"那就发发慈悲吧,最崇高的阁下!"

第十一章

这一声"最崇高的阁下",终于软化了班主。一直紧闭双唇的班主突然改变了模样,他和颜悦色地对匹诺曹说:

"你有什么话想告诉我?"

"阿奇多真让人可怜,请你放了他吧。"

"这,我可没办法。我用他来添火,是因为你已经被放过了。否则,全羊就没办法烤熟了!"

"倘若真的别无他法,"匹诺曹一边站直身子,一边抛下他的面包小帽,勇敢地说道,"那么,这件事就由我来完成吧。他受害完全是因为我!士兵大人,请吧,请将我绑紧,然后用来烤羊吧!这样做才最恰当。我的好友阿奇多是不应该代替我去死的呀!"

匹诺曹的胆量与勇气,感动了全场的木偶,他们齐声号啕大哭。甚至,木头士兵都被感动了,他们就像初生的小羊,也都哭泣起来。

起初,班主一点也未动情。他仍然冷冷地站在那里,丝毫不为之所动。可是,没多久,他又抑制不住打喷嚏了。看来,他终于被大家感动了。班主一连打了四五个喷嚏。随后,他和颜悦色地向匹诺曹伸开了双臂,说道:

"有胆量!不愧是个勇敢的孩子。过来,匹诺曹,到这来,亲我一下。"

匹诺曹像小松鼠一样,飞快地奔了过去。他顺着班主的长胡子爬到了上面。然后,他轻轻地亲了一下班主的鼻尖。他那亲吻的声音悦耳极了!

"班主,你是否已经放过我了?"阿奇多怯怯地说,那声音低得几乎听不到。

"那是当然。"班主答道。于是,他一边叹气,一边摇着脑袋,说:"别无他法了!看来,今天夜里,这只未烤透的全羊只好充当咱们的晚餐了!不过,下不为例!以后,还有这种事,一个也不轻饶。"

班主的饶恕乐坏了所有的木偶。大家都一块奔上了舞台,点亮了灯,又唱又跳,手舞足蹈,真是一场别开生面的庆祝晚会。大家一直跳到次日清晨,也未见停止。

第十二章

匹诺曹得到了木偶剧团班主的赏赐——五枚金币。班主让他捎给他的爸爸泽皮德。但是,返回途中,狐狸和猫欺骗了匹诺曹。匹诺曹被这两个家伙诓走了。

次日,班主"吞火人"在一边询问匹诺曹:
"你爸爸是谁呀?"
"泽皮德。"
"他都靠什么生活?"
"做小本生意。"
"这生意能挣到很多钱吗?"
"能挣。不过,他口袋里从没见过一个硬币。他为我买了语文书,可是,为此而卖掉了他唯一的一件外衣。那是一件浑身都是补丁的破衣服。"
"这样的父亲真让人感动哪!你的话感动得我眼泪直流。过来,替我送五枚金币给你父亲。代我问候他。"
于是,匹诺曹一再地谢过了木偶剧团的班主,感激得无法用言语来表达。然后,他与剧团的木偶挨个拥抱告别。和士兵一一拥抱告别之后,最后他就返回了。他乐颠颠地一路朝自己的家飞奔而去。

然而,回家的路大概还未走过五百米,匹诺曹就遇上了"拦路虎"。一只瘸腿的狐狸和一只瞎眼猫。他们彼此搀扶着往前走。他俩还挺能同甘共苦,相互帮助的!狐狸为瞎眼猫带路。

"匹诺曹先生,您好呀。"

狐狸问候道,他简直有些谦恭得过分!

"我的姓名,你是如何得知的?"

"我恰好认识您的父亲。"

"他在什么时候遇见过你吗?"

"在您家门口,我昨天还见到他。"

"我爸爸情况如何?"

"他冻得直发抖,身上只有一件衬衣!"

"真惭愧,爸爸。我想,我从今往后,再也不会让他冷得发抖了!"

"那是怎么回事呢?"

"原因在于,我现在有钞票了。"

"你有钞票,你没搞错吧?"

狐狸一边哈哈笑着一边讽刺着匹诺曹。猫在一边也偷笑着。他还挺装模作样的!一直用前爪抓着胡子,以此来遮掩他的嘲弄。

"大胆,你们居然嘲笑我!"匹诺曹气得直喘粗气,他大叫道,"你们看了,别像馋猫!你们过来,看这,这难道不是五枚亮晶晶的金币！"

匹诺曹一边说，一边展示着班主赐予的金币。

五枚金币叮叮当当的声音真动听。狐狸听得刚才还一瘸一拐的腿都直了！瞎眼的猫也睁开了贼溜溜的双眼。这一双眼正发着绿色的荧光！然而，猫立即警觉地闭上了。这一切就发生在转眼之间，可怜的匹诺曹压根儿没注意到！

"你准备用这一大笔钱做什么呢？"狐狸问道。

"第一，"木偶人说，"买一件美丽精致、绣着金银丝线、钉着钻石纽扣的上衣，送给爸爸。第二，买一本语文书给我自己。"

"你是说，买给自己？"

"不错。以后我应该认真学习了。"

"千万别去上学，"狐狸说，"为了努力学功课，我已经瘸了一条腿了。你看，就像这样，我走路一瘸一拐的，已经没治了！"

"是呀，千万别去上学，这都是千真万确的。"猫也在一旁起哄，"我的双眼瞎了，都是怨学习太苦太累了。"

正当狐狸和猫起劲地诱骗匹诺曹时，一只白色的斑鸠恰好在路旁的篱笆上憩息。于是，它对匹诺曹唱道：

"匹诺曹，你千万别上这些坏家伙的当！否则，将来你肯定会悔恨不已的！"

这只白色的斑鸠，真不该插嘴呀！他刚刚说完，就被猫凶狠地扑过去一口吞了！这只让人心酸的斑鸠甚至没来得及哼一声,就被猫啃得只剩了一堆骨头。

猫飞速地吃完之后,急急忙忙地又将嘴擦得光溜溜的。然后,他又赶紧双眼紧闭,假装成了一副瞎模样!

"这只小斑鸠真是让人同情。天哪,这样没有良知的事情,你也做得出来?"匹诺曹说。

"我是为了教训教训它,让它长点见识!否则,它一点规矩也不懂。打断他人的谈话是不礼貌的。"

他们又开始上路了,走了一会儿之后,狐狸忽然停了下来,它对木偶说道:

"匹诺曹,有个主意,你愿不愿意成倍地增加你的钱?"

"你说什么?"

"是这样,你这唯一的五枚金币,你愿不愿意将它们增长为一百枚、一千枚甚至是二千枚?"

"当然乐意,倘若能办得到的话。但是,这又怎么可能呢?"

"其实,这事再容易不过了。你暂时别回去,先跟我们一块出去一趟,事情就可以办成了。"

"我跟你们去哪里呢?"

"猫头鹰国。"

匹诺曹考虑了一阵儿。然后,他非常坚定地说:

"我不想跟你们走,这是行不通的。况且,这里再走没多远,我就可以到家了。我爸爸在等着我回去……爸爸肯定伤心一天了。我昨天就没回家,他肯定一直在盼着我。我是个淘气的孩子!看来巧嘴蟋蟀说对了,'幸福和快乐是不会降临到淘气鬼身上的'。如今,我经历了这么多折磨,这个至理名言我终于领悟到了!唉,这么多的坏事情总是让我撞上。尤其是昨天夜里,我差点在班主家里丧了命。一想到这,我就忍不住直发抖。"

"算了吧,"狐狸说,"你的意思是,回家之意无法更改了。那么,你就上路吧。可是,你丧失了一个多好的机会呀。"

"是呀,你丧失了一个大好机会。"

猫也起哄道。

"匹诺曹,你还是仔细考虑一下吧。千万别让即将到手的横财飞了!"

"千万别将到手的横财放跑了。"猫又重复道。

"只要一个晚上,五枚金币就将增加到二千枚了!"

"二千枚呀!"

"天哪!哪来那么多枚呢?"

匹诺曹惊讶地问道。他的嘴巴半天都合不拢。

"就让我来讲给你听吧。"狐狸说,"请你听仔细了。在猫头鹰王国里,有一块珍贵的土地。那里的人们将它称之为"奇妙的原野"。在那片土地上种下的任何东西都会开花结果!你可以挖个坑,埋进一枚金币,然后盖上土。盖好土后,你只要在上面撒点盐,倒两桶水,一切就完工了。然后,你就可以睡觉了。等你进入梦乡之时,金币就开始生长,发芽,开花……次日清晨,你醒来所看到的原野上的情景,会让你大吃一惊。原野上长出了一棵果实累累的树,树上全是金币!远远望过去,就像6月天里成熟的麦子。

"如果,"匹诺曹最终没有耐性了,他问道,"如果我在土里种进了五枚金币,那么,到了第二天,会长出多少枚金币?"

"这么简单的问题,亏你说得出来。"狐狸说,"你掐着指头,想一想吧。你看,如果一枚金币能产五百枚,那么五枚金币就是二千五百枚了。到了第二天清晨,二千五百枚金币就是你的了。"

"天哪,有这么多呀!"匹诺曹兴高采烈地蹦了起来。

"如果这样的话,五百枚就送给你们。我得二千枚就行了。"

"别说这样的话!"狐狸装出生气的口吻说,"我们不需要你那样做。"

"我们不需要你那样做。"猫也学舌道。

"我们替你这么打算,并不是为了贪图你的钱财,我们是希望大家都能富裕起来。"

"希望大家都能富裕起来。"猫又学舌道。

"你们俩真是不错!"

匹诺曹心中默默地念叨着。替爸爸买新上衣,为自己买课本,这些事都被匹诺曹忘光了。刚才,他还在筹划着的一切,也都被忘光了!于是,他对狐狸和猫说:

"让我们一块出发吧。"

第十三章

"红虾"旅社。

他们一直走着,没有休息。走到后来,大家都快累坏了。终于,黄昏时分,他们来到了一家名叫"红虾"的旅社。

"就在这歇一歇吧。我们可以在这里吃晚餐。倘若咱们半夜再次出发,明天黎明就可以到达目的地'奇妙的原野'了。"

狐狸一边说,一边跨进了旅社的大门。其实,他们三个人都没有觉得饿,但是,却不约而同地围着桌子坐了下来。

瞎眼猫一共吃了三十五条拌着番茄酱的鳍鱼,四份帕尔玛①式煮杂烩。这只可怜的猫还一直嚷着自己胃不舒服,吃不了太多。后来,他又指使侍者为他加了三次牛油和奶酪粉!因为,他认为鳍鱼和杂烩的味儿太淡了!

狐狸正在挖空心思考虑吃点啥。然而,医生告诫过他,什么都不要吃。他才顾不得呢!一只鲜美的肥兔子、五六只佐餐的肥童子鸡一会儿便成了狐狸的盘中餐。吃完之后,他抑制了一会儿自己还想吃的欲望,但又无法控制了。他又点了一碟小菜,这是由松鸡、鹧鸪、野兔、青蛙、蜥蜴和葡萄熬制而成的!吃完这碟

---

① 帕尔玛:意大利北部一座小城。

小菜后,狐狸终于满足了。他说,现在他一点食欲也没有了,拿任何美味给他吃,他都觉得腻!

其实,他们三人,只有匹诺曹才是几乎什么也没吃。他仅仅点了核桃和一块面包。就这一点食物,他都没吃完,几乎都原封不动地剩在了盘中。被狐狸吹得天花乱坠的"奇妙的原野"与金币的故事还一直充斥于他的脑海!这个倒霉的匹诺曹几乎吃不下任何食物。

刚吃完饭,狐狸便吩咐着旅社老板:

"我们要两间上等房。匹诺曹先生住一间,我和我的同伴住一间。我们先睡会儿大觉,然后还要接着上路。半夜时分,请记得叫我们一下。"

"好的,先生。"

旅社老板一边回答,一边朝狐狸和猫挤眉弄眼。他似乎在说:"你们的勾当,我一清二楚。"

匹诺曹身体一挨着床,便立即进入了梦乡。他做了一个美梦。梦中的他来到了"奇妙的原野"。原野上到处都是矮矮的小树,树上缀着一串又一串的果实。那些果实仔细看过去,原来都是金币!风一吹来,便发出叮叮当当的响声。这动人的音响仿佛在召唤着:"快来摘吧,快来摘吧!"匹诺曹高兴极了。他正准备飞奔过去采摘金币之时,忽然,一阵咚咚的敲门声传来了!正做着美梦的匹诺曹被吓了一跳,立刻醒了!

原来,是旅社老板在敲门。他来告诉匹诺曹,时间已经到半夜12点了。

第十三章

"他们俩都准备就绪了吗?"他问道。

"他们呀,早就出发了。两个小时以前,他们便告辞了。"

"那么匆忙,干什么呢?"

"有人送来消息,猫的大儿子病了。他的脚生了冻疮,快要不行了。"

"他们离开时,付了旅社住宿费吗?"

"怎么可能呢!他们是两位受过高等教育的先生,不会这样做的。否则就过于炫耀自己、小瞧您了!"

"唉,太不巧了。其实,我很想让他们炫耀炫耀呢。"匹诺曹搔搔头皮,说道。接着,他又问旅社老板:

"他们有没有留话?在什么地方和我再会面?"

"他们说,明天清晨,你们在'奇妙的原野'见面。"

于是,匹诺曹为自己和两个伙伴付了店钱,一枚金币。然后,便告辞了。

这时,旅社外面一点亮光都没有,几乎伸手不见五指。一米以内还能大致看得见,一米以外便完全漆黑一片。匹诺曹在黑暗中一边摸索着一边往前走。原野上静悄悄的,甚至风吹树叶的沙沙声都听不到。偶尔会有几只在路上和树林中穿梭的夜鸟飞过。他们的翅膀有时会撞上匹诺曹的长鼻子。匹诺曹总是被吓一跳,往后一蹦,壮着胆叫道:

"什么人?那儿有什么人?"

于是,四面的山峰便响起一阵回音,一遍又一遍叫着:"什么人?那儿有什么人?那儿有什么人?"

匹诺曹迟疑了一会儿,便接着前进了。没多久,他便在不远处的一棵树上发现了一丝亮光。那是一只小昆虫发出的微弱亮光,光线朦朦胧胧的,就像从透明的灯具中散发出来的。

"谁在那呀?"匹诺曹问。

"是一个鬼魂,是巧嘴蟋蟀的魂魄!"

一个隐隐约约的回答声传了过来。声音诡异极了,仿佛从另一个世界传来的。

"你为什么在这里呢?"木偶问道。

"我跟你说真的——你立即带着剩下的四枚金币回家去吧,立即往回走吧!你爸爸真让人担心。他认为你已经不再回家了,所以,现在一直在家痛苦流泪呢!"

"但是,只要坚持到明天,我爸爸就可以变为一个富裕的上等人了。我的四枚金币会增加到二千枚!"

"匹诺曹,你记着我的话。没有什么办法让你一夜暴富。这是不可能的!那两个坏东西一直在欺骗你,他们一定是两个骗子,否则,就是两个疯子!你立刻回家去吧!好孩子,听我的话没错!"

"可是,我还是想去弄明白。"

"天色已晚了。"

"无论如何,我应该弄明白的。"

"可是,天太晚了……"

"我还是要去。"

"一路上,会有很多危险的——"

"我一定要去弄明白!"

"你听好了。你会悔恨不已的,任性的孩子!"

"我早已厌烦你这种话了。蟋蟀先生,再见了。"

"匹诺曹,再见吧。路上要当心,别着凉。千万提防拦路的盗贼。"

巧嘴蟋蟀说完话,就立刻消失得无影无踪。他就像一盏灯被一口气吹灭,霎时就不见了。匹诺曹眼前的道路也随之一片漆黑了。

第十四章

巧嘴蟋蟀对匹诺曹的告诫一点效果也没有。途中,匹诺曹果真碰到了盗贼。

"真是,"匹诺曹又开始赶路了,他一边走一边唠唠叨叨地说,"我们这一代小孩怎么这么倒霉,这么没有乐趣呢!我们总是被大家批评、训斥、告诫。如果我们沉默,他们就更可怕。一个个摆出父亲或老师的模样,一成不变地教训我们。大家都是一个模子里印出来的!甚至连巧嘴蟋蟀也都一样。如果蟋蟀所说的话没错,倘若我没听从那烦死人的教训,就可能有什么大灾祸降临到我头上,甚至路上还有拦路的盗贼。这怎么可能呢?这里是不会有盗贼的。哼,这些都是大人们编出来的故事,用来恐吓爱黑天出去玩的小孩的,别以为我会害怕!真是无聊!如果真有此事,我一定会站在他们的面前,大声叫道:

"嘿!盗贼们,你们想干什么?若是拿我寻开心,就请回吧。天底下没这么容易的事。还是顾全你们自己的老命吧!真对不住了,我这么勇气十足的话,一定会迫使那群盗贼四处逃窜!这一情景,现在几乎一一展现在我的眼前!可是,倘若那些盗贼们没有一点自知之明,都不逃走,那么,我就跑吧,这也一样可以

第十四章

处理这个大问题……"

但是,匹诺曹的自我唠叨尚未说完,就被打断了。一阵沙沙的树叶声忽然在他后面响起来。

匹诺曹被吓了一跳,立即转过头。漆黑的夜色中,他似乎看见了两团身影。天哪,那是两个用装木炭的麻布袋全身都裹住了的坏蛋,他们像鬼一样,忽悠忽悠跳过来,直扑向匹诺曹。

"原来是真的,真的碰上盗贼了!"

匹诺曹叽叽咕咕道。他害怕极了,一下子都不知道应该将四枚金币放在哪!最后,他慌慌张张地把它们放进了口中——也就是舌头下面。

然后,匹诺曹便准备逃跑了。可是,他几乎没来得及跑出一步,盗贼就已经抓住了他的那双手腕,一阵怵人的吆喝响了起来:

"你,把身上的钱全交出来。要不,你就没命了!"

匹诺曹根本不能说什么,因为钱都在口中藏着。所以,他就一边打着手势,一边对着盗贼们鞠躬。他希望两个强盗能看懂他的意思——他是个穷人,没有一枚硬币。可是,那两个蒙面大汉眨着麻袋窟窿中的双眼,一点也不明白。

"你,抓紧点!赶快把钱拿出来,别在我们面前装模作样!"

盗贼嚷着,一副吓人的样子。

随后,木偶人用自己的双手和脑袋摆了一个样子,他表示自己"真的没有一文钱"!

木偶奇遇记
Muou Qiyu Ji

"喂,你别磨蹭!快点拿出钱来,否则,你的小命就没了!"个子高一点的盗贼道。

"你还要不要命!"

另外一个盗贼也叫道。

"等收拾了你的小命,再去收拾你的父亲!"

"收拾你父亲!"

"不可以,这是不可以的。你们不可以去杀我的父亲!"

匹诺曹害怕了,忍不住尖叫起来。但是,这一叫可就糟糕了!匹诺曹口中传出了叮叮当当的金币响。

"天哪!你这个捣蛋鬼!金币居然都放在了你的舌头下面。快,把它吐出来。"

然而,匹诺曹倔强着不肯吐。

"你干什么,小混蛋,难道你没听见吗?等着瞧,我们非让你吐出来不可。"

于是,话音刚落,两个盗贼就动手了,其中一个捏着匹诺曹的鼻头,另一个则抓着匹诺曹的下巴,随后便拼命地拽呀,拉呀!希望迫使匹诺曹张开嘴巴。可是,这么强硬的办法对匹诺曹没有效果。木偶紧闭的双唇仿佛被钉得牢牢的,即使如此,也纹丝未动。

然而,个子矮点的盗贼急了。他从口袋里拿出了一把匕首,想用它当棍子或凿子撬开匹诺曹的嘴。说时迟,那时快,匹诺曹忽然飞速地张开了嘴,一口咬住了盗贼的手。只听"咔嚓",盗贼的手被匹诺曹一口咬断,然后被吐到了地上。可是,让人惊讶

第十四章

的是，地上掉下的是一只猫爪而不是一只手。这是为什么呢？

盗贼这时害怕了。乘此时机，匹诺曹甩脱了逮着他双手的盗贼。他飞快地穿过路旁的灌木丛，顺着原野，飞奔而去。两个盗贼立即慌慌张张地追了过去。这情景，就像疯狗在追赶兔子。个子矮点的盗贼已经被咬断了一只脚，看来他是三条腿在狂奔着。可是，有谁知道如何用三条腿奔跑吗？

匹诺曹连续跑了十五公里，再也跑不动了。他已经累得上气不接下气了！于是，他爬上了路旁的一棵高大的松树，坐在了树顶上。追来的盗贼也顺着树木往上攀。然而，他们爬不上去，刚爬一半便掉下来了。"扑哧"一声，俩人便跌到了地上。这一跤，把两个坏家伙的手脚都摔破了。

可是，这两个盗贼还是一点也不放弃。他们立即想出了一个办法。他们捡来了干树枝，堆在松树底下，然后便烧起了树枝。火燃得很旺，呼呼地往上烧，一会便快要烧到树顶了。黑暗中的火苗就像风中的蜡烛。火势蔓延得快极了，正当火苗快要烧到树顶时，匹诺曹害怕了。为了避免自己被烤成烧鸡，他突然"噌"地蹦下了松树。一跳下地之后，匹诺曹又飞快地跑了。一会儿便跑过了麦地和葡萄地。那两个盗贼这么一折腾，一点力气都没有了，但还是紧随于后穷追不舍。

这时，天已经逐渐亮了。然而，匹诺曹的后面，还跟着穷追不舍的盗贼。忽然，一条又深又宽的大水沟拦在了匹诺曹前面。怎么办呢？水沟里全是脏水。看上去，就像将咖啡和牛奶拌在一块的糊糊。没办法了，跳一跳吧！"一、二、三！"木偶狠起劲儿，一边叫着,一边蹦了起来。噌,匹诺曹一下跳了过去。后面的盗贼也随之蹦了起来,然而,不幸的是,他们的计算水平不够好,把距离算短了!扑通!这两个坏家伙掉进水沟了。在前头飞跑的匹诺曹听见了盗贼不幸落水的响声,他乐了,匹诺曹回过头,一边看着飞溅的脏水,一边叫道:

"喂!坏家伙!你们在这洗一洗吧,别着急。"

两个盗贼肯定没命了!匹诺曹一边想着,一边转回头。可是,没想到那两个落水狗又爬上来了。他们还是全身裹在麻布袋里。脏水正嘀嗒嘀嗒地往下掉。看上去就像没底的篮子——漏水!

第十五章

匹诺曹没多久就被两个盗贼撵上了。然后,他就被倒挂在了大橡树的树干上。

"唉,这一次是没救了。"匹诺曹一边狂奔,一边心里直嘀咕,"算了,跪在地上,请求他们饶命吧!"他摇着脑袋,四处张望着。突然,一座白色的小房子出现在远处的森林中。雪白的房屋在一片绿色的林子中格外耀眼。匹诺曹顿时来了精神。

"再坚持一会儿吧!或许,那里能有人助我一臂之力。"匹诺曹默默地想。

于是,他拔腿朝着林子飞奔而去。后面的两个盗贼仍在穷追不舍,距离已经越来越近了。

匹诺曹一边喘着粗气,一边死命狂奔,他一分钟也不敢耽搁。两个小时后,他终于到达了小房子的大门口。他用力敲了敲门。

可是,里边一点动静都没有。

远处已经传来了两个盗贼咚咚的脚步声和呼呼的喘气声。匹诺曹心里急死了!他再次用力敲了敲大门。然而,里边还是没有一丝动静。

匹诺曹决定什么都不顾了,他觉得开门是没希望了,还是撞门进去吧。于是,他便一边用脚使劲踢,一边用脑袋去撞。这时,一个漂亮的小女孩的脸从窗户那儿浮了上来。这个小女孩有一头蓝色的长发,面孔雪白,双眼紧闭,双手叠放于胸,冰冷得像蜡像馆的假人!看上去,小女孩似乎没有动嘴,可是却从她那儿传来了隐隐约约的说话声,声音诡异得仿佛不是来自这个世界:

"这里没有人了,这家人都死光了。"

"你不是人吗?你不就在此吗?请开开门吧!"匹诺曹流着泪,伤心地恳求道。

"我早已是个死人了!"

"死人?那你怎么还待在这里?"

"我在这里等人过来收拾棺木。"

这时,小女孩又悄无声息地消失了。窗户也随之又紧紧地闭上了。

"嘿!漂亮的小姐,蓝色长发的小姐,"匹诺曹大叫道,"我拜托拜托你,开开门吧!后面有人在追我,请可怜可怜我,救我一命吧。有两个盗贼……"

匹诺曹话未讲完,就被人从后面狠狠地掐住脖子了。接着,他的耳边就响起了两个盗贼混浊的恐吓声:

"这一次,你再也跑不掉了!"

木偶立即全身发起抖来。他觉得这一次是逃不脱死神的魔掌了!匹诺曹的手脚是木头做的,他这一发抖,全身便咔咔地响个不停,甚至舌头底下的金币都叮叮当当地响了起来。

"咳!小子,你准备怎么办了?"两个盗贼说,"你到底开不开口?行!你有胆,居然还不做声!哼,你瞧着,这一次无论如何也要把你的嘴撬开!"

两个盗贼拿出了一把匕首。这把匕首被磨得锃亮,就像剃须刀一样锋利。他们用这把匕首连续捅了匹诺曹的肚子好几下。

可惜,他们忘了匹诺曹是个木偶人,木头用料还尤为坚硬。他们没捅伤匹诺曹,倒是把自己的凶器弄断了!两个盗贼面面相觑,望着手中剩下的刀柄,不知所措。

"哦,我有办法,"一个盗贼说,"把他的脖子掐断。对,掐断他的脖子。""那就掐断他的脖子吧。"

刚一说完,两个盗贼就动手了。匹诺曹真是倒霉死了。他的双手被反绑着,脖子被套了一个活结绳套,他如果挣扎反而会被套得更牢。最后,他被两个盗贼倒挂在了一棵大橡树的树干上。

于是,两个盗贼在草地上席地而坐,准备等待匹诺曹的告饶。然而,三个钟头过去了,匹诺曹仍是不低头。他瞪着一双眼睛,在那踢着腿挣扎,可是双唇还是紧闭着!

最后两个盗贼没有耐心了!匹诺曹的脾气实在太倔了!他们抬起脑袋,瞪着匹诺曹,讽刺道:

"我们还是明日再见吧!我们猜,等我们返回这里时,你大概已经闭不上你的嘴了。看你还能撑多久,去死吧!"

第十五章

他俩一说完,转身就走了。

没多久,强劲的北风呼呼地刮起来了。北风狂啸着,倒霉的匹诺曹被倒挂在空中,现在又被风吹得晕头转向。他的身体东一下、西一下呼呼地撞着树干。在空中荡来荡去的匹诺曹,看上去就像庆祝活动上拉响的钟绳!这么强劲地摇来摇去,快要把他晃晕了!匹诺曹难受得直抽筋。他脖子上的活绳结已经越抽越紧了。匹诺曹几乎就要背过气去了!

"这一回肯定没有希望了,"匹诺曹心想,他的视线已经慢慢不清晰了。"可是,或许,待会儿就有人能救我呢。"匹诺曹仍然不放弃最后的挣扎。然而,他一直盼呀,盼呀,就是没见一个人影。于是,匹诺曹开始想念他的爸爸了。他软弱无力地对自己念叨着:

"唉,亲爱的爸爸,如果爸爸在这里,该多好呀……"

匹诺曹气喘吁吁,说不出话来,然后,他张大嘴巴,无力地闭上了双眼。接着,就见他一阵抽筋,双腿突然一伸,就再也没有了动静。

第十六章

匹诺曹被蓝色长发的小姑娘救了下来,并安置在床上。然后,小姑娘又请来了三位医生,为匹诺曹诊断,看他究竟是死是活。

倒霉的匹诺曹被倒挂在橡树枝上,他似乎已经气息奄奄了。正在此时,长着蓝色长发的小姑娘又在窗户那儿出现了。可怜的木偶人吊着脖子倒挂于树,被北风吹得荡来荡去的样子,被她一一看在眼里。她忍不住心酸了,于是同情地轻轻拍了三次手掌。

一只大老鹰听见了姑娘的命令,立即张开翅膀扑扑地飞了过来,然后,停在姑娘站立的窗台前。

"善良的小仙女,你想做什么呀?"老鹰低着头,尊敬地说。哦,这个长着蓝色长发的小姑娘居然是这个森林里的仙女。她住在这个林子里已经有一千多年的历史了。

"被倒挂在橡树枝的木偶人,你能瞧见吗?"

"哦,瞧见了。"

"行。你马上飞过去吧。你有一张坚硬的尖嘴巴,就用它啄开绳索救他下来吧。你轻一点。就把他放在那边树下的草地上吧。"

于是,老鹰领命而去,没到两分钟功夫,他就飞回来了,他对小仙女说:

"我已经把他救下来了。"

"他现在情况如何?死了还是活着?"

"他似乎还有一丝气息,可是,表面上看来他似乎已经死掉了。不过,当我啄开脖子上的绳套时,他似乎喘着气,嘀咕了一声:'唉,舒服多了。'"

听完他的话,仙女又轻轻地拍了两次手掌。这时,一只美丽可爱、长着长毛的狮子狗跑过来了。他靠后腿直立着,简直跟人一样。

狮子狗有一头白白的卷发,披在肩上,不过他的头发是假的。他还戴着镶有金边的三角帽,身上穿的是礼服,一个典型的车夫模样。上衣是巧克力的颜色,上面镶着钻石扣子,还有两只特大的兜,看来是放女主人用餐时的赏赐的,比如骨头呀等等。下面呢,是一条短短的马裤,是用红色的天鹅绒制成的。脚上呢,穿着一双真丝袜,鞋子呢,张大了口,里头的脚趾都出来了!最可笑的是,他的屁股后面有一个口袋拖在那儿。这是用蓝色绸缎制成的,有着雨伞套的功用——一旦下起雨来,这儿就成为尾巴的藏身之处。

"美特罗,来,来,来,替我做件事!"仙女对狮子狗说道,"你赶快去套上马厩里最棒的车,到森林里去。那边有个气息奄奄的木偶人倒在大橡树下面的草地上。你去把他抱上车,记住,轻一点,慢慢地把他放在坐垫上。你再把他带回来。听清楚了吗?"

狮子狗为了表明自己听清楚了,他一连晃了三四下拖在屁股后面的蓝口袋。然后,就像赛马一样冲出去了。

没多久,一辆漂亮的蓝色小马车就从马厩里出来了。马车的四周都缀着美丽的金丝雀羽毛。它的内壁全是用奶油冰淇淋和蛋糕粉饰的。前面有一百对小白鼠在拉着马车往前跑。驾驶台上坐着的是刚才那个狮子狗。他忽左忽右地不停甩动着鞭子,那害怕迟到的模样,相比于人类来说有过之而无不及。

将近一刻钟时,马车又返回了。小仙女正着急地等在门外。可怜兮兮的匹诺曹迅速被她抱进了一个满墙都是珍珠饰品的小屋。然后,她又立即请来了此地的神医。

不久,三个神医陆续来了。第一个来的是乌鸦,第二个呢,是猫头鹰,最后来的是巧嘴蟋蟀。

"你们过来吧,请为他诊治一下。"小仙女对三个医生说,他们正一起站立在匹诺曹的床前,"可怜的木偶人究竟是死是活?"

乌鸦听了,立即第一个冲上来,他先为匹诺曹把了把脉,接着又依次查看了匹诺曹的鼻子与双脚的小脚趾。经过仔细的检查之后,乌鸦一本正经地说:

"我想,这是个已经死了的木偶人。不过,若是他不够幸运尚未断气呢,那他就有可能还能活。"

猫头鹰听了,忍不住插上一嘴:"请见谅,我不同意我的好友兼同行的意见。我的观点是,他仍活着。不过,若是他不够幸运已经断气了呢,那么他就不算个活人了。"

"你呢,你有何高见?"仙女问巧嘴蟋蟀。

"在这种情况不明了、不便发表意见之时,最好别乱说话。我是一个行事细致、慎重的医生。况且,这个木偶人,我很久以前就知道,我已经不是头一次和他见面了。"

这时,一直没有动静,像块木头似的匹诺曹似乎听到了这句话。他忽然发起抖来!甚至床板也随之摇动着,并发出吱吱的响声。

"其实,他是一个相当顽皮、爱耍滑头的小孩……"

巧嘴蟋蟀往下说道。

匹诺曹稍微动了动眼皮,然后,赶忙闭上了。

"他还是个无所事事、不讲道理、不听话、没用的东西。"

匹诺曹忽然把脸缩进了被子底下。

"最不好的是,他还是个不孝顺的孩子。此时,他的父亲或许已为他悲痛欲绝了!"

巧嘴蟋蟀话音刚落,一阵断断续续、抑制不住的哭泣声在屋里响了起来。然后,哭声越来越大。大伙都面面相觑。于是,有人忍不住掀开了被子。大家一看,哦,原来是匹诺曹在被子下面哭得正伤心呢!

"会哭的人不可能是死人,这肯定是又活过来了。"

乌鸦一本正经地开口道。

"请见谅,我的好友兼同行的意见我不敢苟同。"猫头鹰又接腔了,"我认为,一个会哭的死人,是不想离开这个世界的。"

第十七章

匹诺曹不肯吃药,他只愿吃糖。然而抬棺材的人来带走他时,他又害怕了,立即一口气把药喝了。随后,他又受到了新的处罚,由于撒谎,他长出了一个长鼻子。

三位名医出了房门,小仙女立即来到了匹诺曹的床前。她伸手摸了摸匹诺曹的额头,天哪,怎么那么烫手,看来匹诺曹发高烧了。

然后,小仙女取来了一些白色粉末状的药,又倒了半玻璃杯水,把药在水中拌开了。等药溶于水后,她端到匹诺曹面前,柔声地哄他说:

"匹诺曹,你喝了这杯里的水,过两三天,你就能活蹦乱跳了。"

匹诺曹歪歪嘴,看着水杯,呜咽着说:
"这里头的水,是苦还是甜?"
"这虽然苦一点,可是,它能治你的病呀。"
"啊,苦的,我可不想喝。"
"唉,千万别这样说,把它喝了吧。"
"我已告诉你了,我可不喝苦的东西。"

木偶奇遇记

"你先喝了它,喝完,我再给你一颗糖,去一去苦味。"

"哪有什么糖呀?"

"喏,这不是吗?"

仙女一边说,一边从一个金色糖盒中掏出了一颗糖。

"我还是先吃糖吧,吃完糖,我再去喝那杯苦药,行吗?"

"你能保证?"

"当然。"

于是,仙女拿糖让他先吃。随后,匹诺曹便一阵咔吱咔吱,几口就把它吃了。吃完,他舔着双唇道:

"要是将这药换成糖该多棒呀!如果是这样,我一定天天吃。"

"好了,刚才你保证了的。你喝一点这杯里的水吧,两三口就行。喝下它,你的病就治好了。"

匹诺曹万般无奈地端起了水杯。他先将鼻尖插进了水里,随后又将嘴凑到了杯子前,来来去去重复了几遍后,他开口了:

"天哪!这么苦!我不想喝了!"

"你一点都没试,如何晓得它很苦?"

"这一看就知道呀!闻一闻气味,也能知道。就是很苦。你再给我一块糖吧,我吃完糖一定喝了这药水。"

没办法,小仙女只有耐着性子,又掏出了一块糖。她真像妈妈一样善良细心!将糖喂给匹诺曹吃了,又把杯子端给了他。

"我现在这个模样没法喝。"

木偶人一边紧锁眉头,一边道。

"怎么了?"

"我腿上压着一个枕头,硌着我了。"

于是,小仙女将枕头搬开了。

"不行,还是没法喝。"

"还有什么硌你吗?"

"我烦,那半开半闭的屋门,我看着烦。"

小仙女立即去关好了房门。

"我,无论如何,"匹诺曹号啕大哭,"我就是不愿吃苦药,不行,我不喝,我不想喝!"

"孩子,听话,你这样不听话,你会悔恨不已的。"

"我才不在乎呢!"

"你的病会愈来愈重的……"

"我不在乎!"

"你要是再烧两三个小时,你的小命就没了。"

"我才不怕死呢!"

"你真不怕吗……"

"我一点也不害怕!让我喝这种苦东西,我宁愿不活了。"

正在这时,房门呼地打开了。一口小棺材被四只小黑兔抬进来了。

"你们进来干什么?"匹诺曹怕了,他一下蹦了起来,在床上大叫说。

"我们来这儿,是专门来抬你的。"一只最大的兔子道。

"我又没有死,抬我去做什么?"

"当然,你现在是还有一口气。可是,如果你拒绝吃那治病的药水,你就没几分钟活了,至多两三分钟吧。"

"天哪!仙女,仙女!"木偶歇斯底里地叫唤起来,"马上把杯子递给我吧。马上呀!我可不想死,我可不想死!"

匹诺曹一把接过水杯,咕噜一气就喝光了。

"唉,真没趣,"兔子们道,"我们专程而来,你却让我们白白来一回。"

于是,它们一边叽叽咕咕唠叨着,一边再次抬起小棺材,走了出去。

两三分钟过后,匹诺曹就复原了。他一点事也没了,轻松地蹦下了床。木偶真是不错,平常没什么大碍,就算真的病了,好起来也够快的。

匹诺曹神气活现地在屋子里四周晃荡,就像一只刚会打鸣的小公鸡。小仙女瞧着他说道:

"你说,我这治病的药行吗?"

"嘿,真厉害,我又恢复健康了。"

"可是,刚才,你死都不肯喝呢!害得我折腾了那么久!"

"可小孩们大都是这样。比起生病来,大家更怕吃药呀。"

"哼!都是些捣乱分子。无论多严重的病,只要能用药及时,都能治好,甚至死了,也有可能再活过来的。小孩子们,你们

第十七章

可要记住了！"

"果真如此,再有这样的事发生的话,我保证不发脾气。那些抬棺材的黑兔子真可怕。我保证立即端起水杯,一口气把它喝光。"

"行了,你过来吧。来,给我讲一讲,两个盗贼怎么抓着你的。"

"事情是这样的。我有几枚木偶戏班班主给我的金币。他说:'咳,将金币带给你爸爸吧。'然而,返家途中,狐狸和猫拦住了我。他俩对我太客气了。他们说:

"'你难道不愿意把金币涨到一千倍、两千倍吗?与我们一道走吧,我们一同去"奇妙的原野"。'

"'开路吧,'我说。后来,到了红虾旅社,他俩又说:'就在此歇会儿吧,我们到半夜时分再出发。'

"晚上,等我醒过来时,他俩早已走了。

"旅社老板说他们早离开了。所以,我就孤身一人上路了。外面一片黑暗,我一直是摸索着前进的。走到途中时,有两个用布袋蒙面的盗贼拦住了我的去路。'把钱交出来!'盗贼叫道。'哪有什么钱呀。'我也叫道。实际上,有四个金币放在我的舌头下。我这一叫,金币便叮叮当当响,于是被盗贼听见了。他将手插进我的口中,想把金币掏出来。可是,我把他的手咬断了,最后发现吐在地上的不是手而是一只猫爪。后来,我就跑啊,跑啊,两个盗贼一直在后面穷追不舍。但是,最终还是被他们撵上了。我被他们倒挂在橡树枝上。他们说：

"'我们明天清晨再来。到时，看见的木偶人一定张着大口，死了！到那时，我们再来掏你舌头底下的四枚金币。'"

"如今，你那四枚金币哪去了？"仙女问道。

"不知掉到哪儿了。"匹诺曹说。当然，这是句骗人的话。其实金币就在匹诺曹的口袋中好好放着。

匹诺曹的谎话，使他的长鼻子转眼之间就猛长了六厘米。

"你在什么地方掉的？"

"就在这边的树林里。"

匹诺曹的鼻子因为撒谎转眼又长了。

"哦，要是真的掉在了这里的树林中，"仙女道，"就可以去找一找。如果是在这片林子里掉的，就一定能找到。"

"哦，我记起来了，"木偶急了，他紧张地说，"没有掉，我一不小心，喝那杯药时，一起吞下去了！"

倒霉的匹诺曹刚说完这句骗人的话，他的鼻子就立即长了很多。这鼻子真是出奇的长！匹诺曹几乎无法转动脑袋，因为他的鼻子总是随着脑袋的转动，一会儿这撞上床沿、窗户，一会儿那碰上了墙壁和房门。如果，仰起头来呢，小仙女的眼睛就会被匹诺曹的长鼻子戳出一个大洞！

看见匹诺曹狼狈的样子，小仙女乐了。

"有什么可乐的吗？"

匹诺曹紧张得不得了。他一边望着自己一下长长的鼻子，一边忐忑不安地问道。

"我乐了,是因为你说的话都在骗人。"

"为什么?你如何说我在骗人呢?"

"你要是骗人,就能瞧出来的!一般骗人的话有两种情况,一是说了后,腿会缩短;二是说了后,鼻子会变长。"

匹诺曹惭愧死了,恨不得挖个地洞钻进去。他环顾四周后,发现无处可藏,便向房外冲去。可是,他又错了。他的长鼻子太长了,抵在了墙壁上,使他没法转身。看来匹诺曹门也出不去了!

第十八章

狐狸和猫拦住了匹诺曹。他们又骗匹诺曹去"奇妙的原野",种植四个金币。

大家可以猜想一下,木偶人没法出门,他怎么办呢?他哭呀,哭呀,一直哭了三十分钟。然而,小仙女一点儿也没搭理匹诺曹。她为了让匹诺曹受一点教训就没理他,希望这能使他改改骗人的坏习气。这一坏习气在孩子们的成长中是最不好的!然而,匹诺曹的号啕大哭太具有感染力了。小仙女看见他那哭得变了模样的脸和就要瞪出来的眼珠子,就按捺不住又同情起他来!她朝着窗户拍了一下巴掌,于是,大约有几千只啄木鸟便听令而来。它们穿过窗户飞进屋内,纷纷落于匹诺曹的长鼻子上,然后便开始啄那只鼻子。两三分钟后,匹诺曹那又丑又长的鼻子就复原了。

"你真是个仁慈的人,仙女!"匹诺曹一边流着泪一边说道,"我真爱你!"

"我也很爱你呀!"仙女说,"从今往后,你和我一起生活吧。你可以做我的弟弟,而我呢,就将成为你的好姐姐了。"

"虽然我很想留。然而,爸爸怎么办呢……"

第十八章

"这我已考虑好了,我早就叫人去告诉你爸爸了。他会在日落之前赶到这儿来。"

"啊,是真的吗?"匹诺曹乐得直蹦,"小仙女,让我去接一接爸爸,好吗?爸爸为我操了那么多心,我真想早点见到他!"

"你想去,就去吧。但是,小心点,千万别迷失了方向。你走到森林里时,就可以接到他了。"

匹诺曹告别了仙女,又上路了。他像小鹿一样,一蹦一跳地在森林里走着。然而,当他经过大橡树时,他突然停下了。他很吃惊,似乎看见有人躲在草丛中。原来,他的感觉还真准,躲在草里的人跳了出来。啊,居然是狐狸和猫!也就是红虾旅社中匹诺曹的同伴。

"嘿!匹诺曹先生!"狐狸热情地拥抱着、亲着匹诺曹道,"你为什么在这里呀?"

"你为什么在这里呀?"猫也重复道。

"唉,一言难尽呀,"木偶说,"此中详情请让我慢慢道来吧。那天,就是昨天半夜,你们不是先走了吗?后来,我孤身一人上路,在途中,两个盗贼拦劫了我!"

"两个盗贼?天哪,怎么回事,他们想干什么?"

"他们想抢我的金币。"

"讨厌!"狐狸道。

"真是讨厌!"猫也道。

"可幸运的是,我乘机跑了。"木偶继续讲道,"但他们穷

木偶奇遇记

追不舍,最后还是撑上了我。可怜的我,后来被他们倒挂在了橡树枝上……"

匹诺曹一边指着前面不远的大橡树,一边说道。

"这是真的吗?不会有这么惨的事情吧!"狐狸道,"这个世界真是乱套了,都没有可靠的安身之处让我们这种贤人栖身了。"

正在此时,匹诺曹猛然瞧见了猫那一瘸一拐的右前腿。那只可怜的爪子齐刷刷地从脚脖子那儿往下都没了。匹诺曹忍不住询问道:

"嘿,你的脚为什么成这样了?"

猫一下子乱了阵脚,什么话也说不出来。这时狐狸立即在一边帮腔了:

"我的好友是不会讲的,他太善良了。我来讲给你听吧。大约一个钟头之前吧,有一只老狼在途中拦住了我们。它饿得快要昏倒了,一直祈求我们送它一点吃的。然而,你是知道的,我们甚至连一根鱼骨头都没有,哪有什么吃的。于是呀,我的这位好友,他怎么办呢?他是那样的仁慈宽厚,就像恺撒①一样!所以,他咬下了自己的前腿,给了老狼,说:给你,你吃吧。'"

狐狸一边抹着泪水,一边讲道。

匹诺曹感动得快要哭了。他走到猫的面前,俯在他的身边,小声说道:

---

① 恺撒:古罗马统帅、政治家和作家。

第十八章

"如果所有的猫都和你一样善良,那老鼠们该多快乐呀,你说呢?"

"你来这里做什么呀?"

狐狸探询着木偶人。

"我来接我的爸爸。他即将到达这里了。"

"可是,你的金币哪儿去了?"

"还在我口袋里放着呢。只是,我已在红虾旅社用了一枚了。" "你不记得我的话了。你那四枚金币过一天就能增加到一千枚、二千枚。难道你不想去尝试一下吗?如果能去'奇妙的原野',将它们种在地里,那多棒呀! ……"

"今天,看来是去不了了,我改日再去吧。"

"改日?太迟了。"狐狸道。

"怎么了?"

"没什么。有一个大富翁已经购买了那一大片土地。从明日开始,没有谁能再到那儿去了!更别提种什么金币了!"

"从这到那'奇妙的原野'远吗?"

"不远,大约两公里路吧!你能去吗?三十分钟就能赶到。我们到了那里,就立即种下金币,大约两三分钟之后,就有二千枚金币长出来。到今天夜里,你就会装着一口袋的金币返回来。你看如何?我们一块去吧!"

匹诺曹犹豫了,他没有立即作出决定。小仙女、泽皮德与巧嘴蟋蟀的劝说一一浮现在了他的脑海里。然而,最终他还是糊涂了。他跟那些不爱听大人劝告的笨小孩一样,选择了错误的

做法。匹诺曹一边稍微甩了甩脑袋,一边对狐狸和猫说:

"来,让我们一块出发吧。"

于是,他们三人就出发了。

他们走了很久,到达了一个名叫"笨蛋陷阱"的村子。村子里,一些倒霉兮兮的动物随处可见。毛都脱落光了的狗饿得直打哈欠;一只绵羊被剃光了毛,正冷得直发抖;一只秃着头、缺了鸡冠又缺了鸡垂儿的公鸡正在乞讨玉米粒;卖了绚丽翅膀的大蝴蝶没法子飞起来;没有翎羽的孔雀,正羞得藏在了角落里;再也没有耀眼金羽毛的野鸡也正低着脑袋,在一边悄悄地溜达着。

然而这里,并不全都是一群羞于见人的叫花子和穷苦大众。街上,总是有大富翁们驾着马车飞驰而过。那些大多是狐狸、爱盗窃的喜鹊与肉食动物。

"究竟'奇妙的原野'在哪儿呀?"匹诺曹问道。

"没几步路了。"

果真如此。当他们走过刚才的村子,到了村外之后,一片荒野就展现在了匹诺曹的眼前。这片死寂的荒野一眼看起来和一般的原野一样。他们三人不约而同地停了下来。

"行了。咱们终于到了。"狐狸对木偶人说,"你快一点蹲下去,在地上挖一个小洞,把金币种进去,就可以了。"

匹诺曹听从狐狸的吩咐,便立即动工了。他一会儿就挖了一个小洞,把四枚金币埋了下去,然后又掩上了土。

第十八章

"行了。"狐狸说,"然后,你的工作是去这不远处的水沟那里,去提一桶水来,淋在这个埋金币的地方。"

匹诺曹一溜烟就到了沟边。他没有桶装水。于是,他就用脚上的木鞋,提了一鞋子水,淋在了那块土地上。做完之后,他询问狐狸道,

"还有其他要办的事儿吗?"

"没有了,行了,"狐狸道,"我和猫走了。你呢,可以在二十分钟之后,再过来。那时,展现在你眼前的是一棵棵枝头长着金币的小树了!"

匹诺曹乐得几乎忘乎所以了!他一次又一次地谢着狐狸和猫,并不停地许诺,将来要送给他们许许多多的东西。

"不客气,不客气,我们不需要你的东西。"两个坏家伙道,"对我们来讲,能让你不费吹灰之力就能暴富,我们就已经很愉快了!"

话音一落,他俩祝贺着匹诺曹金币的大丰收,就与匹诺曹告别了。他们表示要去另外一个地方忙另外的事了。

第十九章

有人盗走了匹诺曹的金币。他去告状,结果,他反而被处以四个月的牢狱惩罚。

木偶人返回了村子,他一分一秒地算着时间。等二十分钟一到,他马上迫不及待地赶回"奇妙的原野"去了。

匹诺曹的心,扑通,扑通,跳得快极了,那速度绝不亚于时钟的摆动。他一边匆匆忙忙地朝前赶路,一边心中嘀咕着:

"要是树上长了二千枚而不是一千枚,我该如何是好呢?唉,要是有五千枚而不是一千枚……哦,不不,要是长了十万枚呢?天哪,那我就立即成为一个大富豪了。到那时呀!我一定要造一所气派的大宅子,盖上马厩一千个,买上木马一千匹。这样,我就可以痛痛快快地玩耍了。啊,还有地窖和上好的酒,一切我都要安排妥当。而且要建一个书房。不过,虽说书房是用来学习的,但是,糖果、蛋糕、果仁糖和奶油面包也是必不可少的!"

匹诺曹做着这样的美梦,走到了"奇妙的原野"附近。匹诺曹停了下来,环顾着四周,他以为或许长满金币的大树就要展现在他的眼前了。可是四周什么也没有。他赶紧朝前走了一百

第十九章

步,四周还是一片空荡荡的。他又朝前走了去,一直到了刚才种植金币的原野,然而,这里仍然一片空荡荡的。匹诺曹担忧了。他禁不住伸出手来,嚓嚓地搔起了头皮。甚至将德育书和礼仪书上的行为举止,都忘得干干净净。

突然,一阵尖利的嘲笑声不知从何处传了过来。匹诺曹顺着声音四周环顾着。原来,有一只大鹦鹉正立在旁边一棵大树的枝头上。他正悠然地清理着自己稀稀拉拉的羽毛。

"嘿!你有什么可笑的,鹦鹉?"匹诺曹生气地说。

"没什么。我在清理羽毛,捉虫子呢。没想到捉得自己痒痒了!"

匹诺曹不吭声了。他默默地走到沟边。再一次装了一木头鞋水,淋在了种植金币的地方。

此时,一阵更加刺耳的嘲笑声又传了过来,在寂静无声的原野上回荡着。

"嘿,你这只鹦鹉怎么这么没礼貌,你到底在嘲笑什么呀?"

"我呀,觉得可笑极了!有人被滑头的坏蛋骗了,自己还不知道。这么荒谬的事竟能信以为真!……哼哼……"

"你难道指的是我?"

"当然是你了。匹诺曹你太让人可怜了。你居然如此幼稚。原野上种植金币,怎么可能像南瓜、豆子一样结果。以前,我也有过这种妄想,后来吃了很多大苦头!现在,我终于醒悟了,也许时间有点迟,但我还是醒悟了!一个人要赚钱,需要付出自己辛勤的劳动,需要用大脑认真想一想。"

"我怎么不太懂你说的话呀。"匹诺曹道。可是他心中已经慌了。

"那我就再给你讲清楚点。"鹦鹉继续道,"你听清楚啦,当你回村子去时,狐狸和猫又返回了。他俩挖出了你埋在地里的金币,跑了。如今,他俩早已跑得不知去向,你再也追不上了。"

匹诺曹听完这些话,张大嘴,站在那儿愣住了。为了确认鹦鹉话的真假,他立即动手挖起土来。可是,他一直挖呀,掏呀,挖了一个大深坑,也没见到一枚金币。挖出的大坑甚至可以放一个稻草屋了!

匹诺曹都快急疯了。他马上奔回村子,跑到了法院。他告状说,他的金币被两个坏家伙盗走了。

法官是颇受大家敬爱的大猩猩。他已经很老了,留着一撇胡子,戴着一副没有镜片的金边眼镜。他总是戴着这一金边眼镜的原因是由于他的老毛病结膜炎所致。

匹诺曹站在法官的面前,向他一一讲述了被狐狸和猫骗去金币的过程,并仔细描述了他俩的模样。他希望法官大人能够惩治恶人。

法官认真地听着匹诺曹的陈述,他觉得木偶人真可怜。在叙述过程中,他不时地点头示意,还向匹诺曹倾了倾身体。看来,他似乎被木偶人打动了。最后,木偶人终于叙述完了。于是他伸手摇响了铃。

第十九章

很快,有两只身着卫兵服装的恶犬应声而来。法官一边指着匹诺曹,一边对它们说:

"这个小东西太倒霉了,他的四枚金币被盗了。你们立即带他走,把他送进牢里去。"

这个让人出乎意料的审判结果,使匹诺曹暴跳如雷。他正准备表示反对。然而,那两个恶卫兵立即塞住了木偶人的嘴,他们才不愿意再耽搁呢!很快,匹诺曹就被他俩扔进了牢房。

所以呀,匹诺曹就待在牢房里,一待就是四个月。这是多么长的一段时间呀!不过呀,有一件可喜的事发生了。这使得匹诺曹四个月的牢狱之灾顿时缩短。以下呢,就是事情的经过:当时,这个"笨蛋陷阱"村的小国王在一次对敌战斗中,打了一场胜仗。他们高兴极了。于是,全村张灯结彩,放着花炮,比赛骑马,比赛骑自行车,整个村子一片欢腾。同时,为了庆贺胜利,国王还特赦了牢里的囚犯。

"大家都放了,那把我也放了吧。"匹诺曹求着牢狱长。

"你不能放!"牢狱长说,"你又不是坏家伙。"

"请原谅,"匹诺曹回答道,"我同样也是一个坏家伙。"

"不错,你自己都这样认为,那就是了。"

于是,牢狱长摘下了帽子,尊敬地对匹诺曹行了个礼,然后,便把他放出了牢房。

木偶奇遇记
Muou Qiyu Ji

第二十章

从监狱里放出来的匹诺曹准备回小仙女那儿去。然而,途中,一条凶狠的蛇拦住了他的去路。最后,一个捕兽的铁夹逮住了木偶人。

匹诺曹得到了自由,简直乐坏了。可是,这一切都是无关紧要的。匹诺曹一从监狱出来,就直奔小仙女的住处去了。

那天刚好下着大雨,大路上尽是烂泥。匹诺曹走在路上时,双腿膝盖以下总是陷在了烂泥当中。然而,这么恶劣的环境根本无法阻止木偶人。一路上,飞溅的烂泥弄脏了它的帽子,可他也不在乎,他匆匆地飞奔着!他实在太想念爸爸和蓝色长发的姐姐了!

"我怎么这么倒霉呀。但是,我也真的无可奈何呀,我太笨了……爱我、疼我、有着多年经历的人的教训,我总是听不进。唉!我太调皮,太不听话了。从现在开始,我一定要洗心革面,做一个老实、听从父辈教训的好孩子。唉,这个道理,我最终还是明白了!不听教导的小孩是要倒霉的,是干不成大事的。可怜的爸爸还在盼着我吗?……他会在小仙女家吗?唉,这么长时间没见面了,爸爸一定为我忧劳成疾了。我一定要多亲亲他,好好地服侍他。我能被仙女姐姐原谅吗?我又做了糊涂事,那么多事,都是她一再告诫的。她总是那样关心着我。我还能活着都是因为仙女姐姐的恩赐呀。然而,我……世界上再也没有和我一样不知道感恩图报的小孩了。"

匹诺曹唠唠叨叨地走着。突然,他似乎看见了什么,被吓得停了下来,紧接着又受惊地往后蹦了四步。

天哪!一条可怕的大蛇拦在了大路中央。这是一条浑身发绿的蛇,双眼冒着"火光"。蛇的尾巴笔直地挺立着,正往上冒着浓烟,看上去像一只烟囱似的!

匹诺曹被吓坏了,他蜷缩着身子,跑出去了五百多米远,然后,在一堆碎石处坐了下来。他准备等待着蛇自己离开大路,因为蛇总得也有自己的事情要干吧。

可是,一个钟头过去了,两个、三个钟头又过去了。蛇仍然待在那儿,一点也没有离开之意。匹诺曹远远望去,都能清清楚楚地看见它那双喷火一样的眼睛和冒着浓烟的尾巴。

所以,匹诺曹只好强作镇定,鼓足勇气,走到了大蛇面前。他站在离蛇五六步远的地方,小声地讨好着大蛇说:

"嘿,大蛇先生。请原谅,我可以借一下道吗?你只要挪动一点点,我就可以通过了。"

然而,对方像是一堵墙一样,一点反应也没有。

所以,匹诺曹只好又小心讨好地重复了一次刚才的话。

"大蛇先生,你听见我的话了吗?我忙着赶回家去。爸爸正在家里盼我呢。我们已经有很长时间没见面了。……你的沉默是不是表示可以让我通过了?"

匹诺曹满心希望大蛇能回个话。可是,一点动静也没有。不仅如此,大蛇似乎一下子丧失了刚才的生气,身体变得发硬起来。它仍然纹丝不动,并且双眼也合上了,尾巴那儿也没再喷烟了。

"难道它已经死了?"

匹诺曹乐了,他摩擦着双手。于是,他准备一脚跨过拦路的大蛇,蹦到另一头去。然而。正当他提起脚可又没完全提高的时候,大蛇猛然蹿了起来。它的这一举动,简直就像上紧的发条突然开动了似的!木偶人吓得大吃一惊。他还没来得及收脚后退,就被绊倒在泥地里。

真是摔得莫名其妙!匹诺曹双腿朝上,一头倒立在了烂泥之中!

木偶人就这样倒插在那里,他使劲地踢着双腿想调整过来。大蛇见了这一景象,突然控制不住哈哈大笑起来,笑得在路上一直翻滚。没想到,这一笑反而送了大蛇的命。过度狂笑,使它血管爆裂而死。

所以呀,匹诺曹又可以上路了,他朝着小仙女的家飞奔而去。他希望能在天黑之前赶回家。然而,在奔跑途中,他突然觉得饿了。饥饿使他几乎没法奔跑。路边正好是一片葡萄地,于是,他停了下来,跳进了地里,准备采几串葡萄充饥,然而,这一次他又倒霉了。

正当匹诺曹走到葡萄藤下时,他踩上了捕兽夹。只听"咔嗒",锋利的铁夹立即逮住了匹诺曹。他扑通一声仰面倒下了。

唉,木偶人太倒霉了,这一次被捕兽夹给逮着了。这里的农民为了抓偷鸡的黄鼠狼专门在地里设了这种捕兽夹。

第二十一章

农民抓住了匹诺曹,他强迫匹诺曹代替狗看守鸡窝。

匹诺曹被夹住之后,便放声大哭,一边哭一边叫着救命。然而,他的哭喊一点效果都没有。这里没有住户,大路上甚至连过路狗都没有。

一会儿,天就完全昏暗下来了。

匹诺曹几乎就要昏死过去了。他一个人待在伸手不见五指的田地里害怕极了。他的小腿骨被捕兽夹的利齿夹得疼死了。这时,恰好有一只萤火虫从匹诺曹眼前飞过。匹诺曹立即叫了它一声,说道:

"嘿,萤火虫,救救我吧,我好痛苦呀,救救我吧。"

萤火虫怜悯地看着匹诺曹的狼狈相,停了下来,说:

"天哪,可怜的孩子呀。这个厉害的铁夹怎么把你给夹住啦?"

"我想到地里采几串葡萄充饥,可是……"

"这是你的葡萄地吗?"

"不是我的,可是……"

"可是,有人教过你,可以随意摘人家的东西吗?"

"我是因为饿了呀。"

"孩子,你记住了:即使是快饿死了,也没有道理乱拿人家的东西。"

"嗯,我明白了。" 匹诺曹哭泣着说,"我以后不会这样了。"

此时,传来了一阵隐隐约约的脚步声。他俩的话中断了。原来,田地的主人过来了。他轻轻地摸过来,想查看一下是否逮住了偷鸡的黄鼠狼。

农夫从斗篷中取出了煤油灯,他试探着照了过来。没想到,捕兽夹抓住了一个小孩,而不是黄鼠狼,农夫惊讶极了。

"喂。你这个盗贼,你这小家伙!"农夫暴跳如雷地说,"没想到,你就是偷鸡贼。"

"我不是,我不是!"匹诺曹流着泪哽咽道,"我跳到地里,只是想采几串葡萄充饥。"

"你既然偷采葡萄,也一样会偷鸡的。行了,看我怎么收拾你!我让你永生难忘。"

农夫把匹诺曹从捕兽夹上放了下来。他逮着木偶人的脖子,像拎羊羔一样,把他拖回了家。

到了家,农夫将匹诺曹扔在了前院中。他一脚踏着匹诺曹的脖子道:

"天太黑了,我也想睡觉了。明天我再来收拾你。不过,我的守夜狗恰好刚刚死了,你就顶替它,充当我的守夜狗吧!"

农夫一边说,一边将一个打着铜疙瘩的粗绳套锁住了匹诺曹的脖子。他将绳套拴得死死的,以免木偶人挣脱。拴好后,他又将绳套的另一端——一根长铁链紧紧地缠在了墙上。

"要是夜里下雨的话,"农夫道,"那个小木房可以让你躲进去睡一睡,那是一个狗屋,里面有我为小狗铺的稻草。唉,都有四年的历史了。可是,你记住竖起你的耳朵,听着外面的动静,要是盗贼来了,你就装狗叫啊!"

说完,农夫便回屋去了。他把门关上了,并在里面咔嗒上了锁。又冷又饿的匹诺曹可怜兮兮地待在院子中,他恐惧极了,没有了一点活着的生趣。他生气地用双手拽着脖子上的绳套,希望能让勒得发疼的喉咙舒服一点。他流着泪说:

"真是活该,活该!谁让我自己是个无所事事的浑小子。坏家伙的话我都愿意接受。所以,我所受到的折磨都是自作自受。这个世界有许许多多听话的乖孩子,要是我也是其中之一该多好呀。我要是爱学习、爱工作……要是现在我和爸爸一块坐在自己家里,这会儿就不会呆在野地里了。也就不会当什么看门狗了。唉,要是这一切都能重来……然而,一切都太迟了!还是耐着性子等等吧。"

匹诺曹叽叽咕咕地发了一大堆牢骚之后,便跑进了小狗房,睡觉去了。

第二十二章

偷鸡贼被匹诺曹看见了。为了感谢匹诺曹充分尽到了守夜犬的职责,农夫解开了他的锁链。

匹诺曹一下便进入了梦乡,沉沉地睡了两个多小时。夜半时分,一阵叽叽咕咕的讲话声从后院传了过来,惊醒了匹诺曹。于是,匹诺曹从小狗屋里伸出了脑袋,环顾着四周。他望见了四只黑糊糊的小家伙,不知凑在那里干着什么勾当。他们看上去像猫一样,可又似乎不是。原来那是一群以小鸡和鸡蛋为食的黄鼠狼。这时,它们中的一只走到了狗屋前面,低声道:

"美兰波,晚上好。"

"我不是什么美兰波!"木偶人道。

"嗯?你是什么人?"

"我是匹诺曹呀。"

"你在这里做什么呀?"

"我来代替守夜犬看门。"

"那,原先那只老狗美兰波干什么去了呢?"

"它似乎今天清晨去世了。"

"去世了?唉,怎么这么倒霉,它是一只多好的狗呀!可是,看起来,你也是一只很不错的看门狗。"

"千万别乱讲,我才不是看门狗呢。"

"那你是什么东西?"

"木偶人。"

"木偶人充当守夜犬?"

"可以,不过这只是一种处罚。"

"好啦,别再啰唆了。已去世的美兰波和我们有一个合约,我们想和你再订一个同样的合约。我想,你一定会乐意的。"

"什么合约?"

"像原来一样,我们想每周夜里到这户人家鸡窝作一次访问,每次带走八只小鸡。这八只小鸡,一只给你,七只归我们。只有一个唯一的条件,即:我们干活时,你假装睡着了,千万别出来乱叫,千万别叫醒那个农夫。你记住了吗?"

"这是美兰波原来干过的吗?"匹诺曹发问道。

"对了。我们之间一直关系融洽。行了,你别做声,去睡吧。我们在走之前,会在你的小屋前搁一只拔光了毛的小鸡。这可以给你明早充饥。我可不会骗你的。你懂了吗?"

"嗯,懂了。"

匹诺曹答道。然而,他不引人注目地晃了晃脑袋,似乎在恐吓着说:"这事儿可不能这样就完了。让我们走着瞧。"

四只黄鼠狼以为一切万事大吉了。所以,他们便安心地向鸡窝飞奔而去。它们用牙齿和爪子打开了鸡窝门,一溜烟都钻了进去。没想到,它们全部进去后,鸡窝门啪的一下,立即紧紧

地锁上了。

原来匹诺曹从后头赶来把门关上了。关了之后,他还放不下心,又弄来了一个大石头,堵在门前。接着,他就汪汪汪地像守夜犬一样大叫起来。

农夫一下便听见了,他立刻从床上蹦了下来,随手抓起枪杆,伸出头问道:

"出什么事了?"

"偷鸡贼来了!"匹诺曹说。

"在什么地方?"

"鸡窝里面。"

"行,我就来!"

很快,农夫就来了,甚至说一声"阿门"的时间都没有。他直奔鸡窝,一下子便逮住了四只黄鼠狼。他一边装进口袋一边乐开了怀:

"最终还是抓住了!我原准备好好收拾你们一通,可是,我又下不了狠心。算了,放过你们吧。明天,将你们送到附近村子旅社老板那去。他会活剥了你们的皮。用你们做料,充当肥美的野味,为我做上一道菜。其实,你们才不够这一资格呢。可我太仁慈了,就此算了吧。"

于是,农夫走到了匹诺曹面前。他摸着匹诺曹的头,叽叽咕咕讲了一大通。农夫问道:

"那四个偷鸡贼的把戏,你是如何看破的呢?美兰波那么厉害,也没有办法识破。"

木偶正准备将自己知道的实情和盘托出,可他转而又想,美兰波都已死了,就算了吧。

"他都已经去世了,没有必要再去责备它了,就让死者安息吧。"

"黄鼠狼进来时,你醒了吗?"农夫又问匹诺曹。

"我没醒。"匹诺曹说,"可是,我被他们叽里咕噜的声音吵醒了。其中一只还跑过来对我说:

"'要是你不叫醒主人,我们送一只拔光毛的小鸡给你做早餐。'

"天哪,他们居然用如此卑鄙的办法买通我匹诺曹。我虽然是一个调皮捣乱的孩子,只是一个木偶人,但这种帮坏家伙忙的坏事儿我是不干的!"

"你真厉害!值得让人敬佩!"农夫一边拍着匹诺曹的肩膀,一边道,"我不怪你了。你的行为真让人开心。你回家去吧。"

农夫解开了匹诺曹脖子上的绳套,放他回家了。

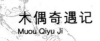

木偶奇遇记
Muou Qiyu Ji

第二十三章

蓝色长发的仙女去世了,匹诺曹为此失声痛哭。后来,他被一只鸽子带到海边去了。为了救泽皮德爸爸,匹诺曹扑进了海里。

让人羞愧的沉重绳套刚从脖子上解下来,匹诺曹就立即如离弦的箭般狂奔出去了。他一点时间也没耽误,飞快地冲到回小仙女家的大路上。

匹诺曹站在大路上,向下俯看着脚下一望无际的田野。那里清清楚楚地展现着他偶遇狐狸与猫的树林。匹诺曹看着,心里难受极了。同时他也看见了那棵自己曾倒挂在上面的大橡树。然而,他环顾着四周,为什么蓝色长发仙女的小木屋找不到了?

匹诺曹没来由地涌上一阵恐惧和担心。他立即竭尽全力,狂奔起来。两三分钟后,他便到达了白色小房子的所在地。然而,那座小房子似乎消失了。只有一块大理石做的小墓碑代替了原来的房子矗立在那儿。仔细一看,有几行让人心酸的字刻在那石墓碑上:

蓝色长发的小仙女

安息于此

弟弟匹诺曹抛弃了她

哀伤过度

使她与世长辞

正如大家所能猜到的,匹诺曹挣扎着一字一句看完了这些话,他简直伤心死了。他扑通一下倒在了地上,一次又一次地亲着大理石墓碑,放声大哭起来。他哭了整整一个晚上。次日清晨太阳初升之时,他的泪水都已哭干了,但是他还在干号着。四周的山峰都一遍一遍地回应着他那号啕的哭声。

匹诺曹一边哭一边哽咽道:

"小仙女,小仙女,你怎么就这样走了呢?即便要死,也应该是我,而不应是你哪!仙女,你是那么的善良,我是如此的不听话。……爸爸在什么地方呀?请为我指点迷津吧,小仙女!我如何能与他重逢呢?我发誓,我不再乱跑了,我将永远不和爸爸分离,我发誓,小仙女呀,请告诉我,这一切都是幻觉吧……要是你还爱着我,疼着我,你就复活吧。就像以前一样。小仙女呀,如今我孤身一人,大家都离开我了,你不觉得悲惨吗?……要是又有盗贼逮住了我,我又会被倒挂在树上的……这一次,我就与你永别了。我孤身一人活着,还有什么生趣?我怎么办呀?你和爸爸要是真的不在了,我吃饭怎么办呢?夜里,我怎么睡觉呢?谁给我新衣裳呢?如果,果真如此,我死了算了吧,死实际上比这样好多了。唉,我不想活了……呜——呜——呜……"

匹诺曹伤心死了,几乎想要扯光自己的头发。然而,他忘了头发也是木头制的,是扯不下来的。最后,他平静下来了,头发也没扯下来。

一只大鸽子恰好飞过此处。见此情形,他张大翅膀停在空中,大声冲匹诺曹道:

"孩子,你干什么,你干吗呀?"

"你已看见了,我正哭泣呀。"

匹诺曹抬起头,顺着声音向来处望去,他不断用衣袖擦着双眼道。

"我想打听一下,孩子。"鸽子道,"你认不认识一个名叫匹诺曹的木偶人呀?"

"匹诺曹?你问的是匹诺曹吗?"木偶人马上站直了身子问道,"我就是匹诺曹。"

听到匹诺曹的回应,鸽子立刻飞了下来。它比火鸡还大。

"你认不认识泽皮德呀?"鸽子问道。

"当然。他就是我的父亲。他难道没提过我吗?你能否带我到爸爸那儿去呢?爸爸的身体怎么样了?你给我讲一讲吧。他身体如何?你讲一讲呀!"

"我在三天之前与他在海边告别了。"

"爸爸在那儿做啥呀?"

"他想到海的那一边去。他当时正在挑选小船。他真让人怜恼。他四处找你已经四个多月了。然而,他到处都找不到你。于是,他最后决定去一趟远在海那一边的新大陆,看看到那里是否能找到你。"

"这里离海边远吗?"匹诺曹忧郁地询问鸽子。

"大约一千多公里。"

"一千多公里?鸽子,我要是有一双翅膀,像你一样能飞,该多好呀。"

"你要是想去,我可以驮你。"

"如何驮呢?"

"你可以骑在我的背上。你不会很沉吧?"

"很沉?不会的!我像树叶一样轻。"

匹诺曹没再说话,立即跳上了鸽子的后背。他真像一个好骑手,用双腿夹紧了鸽子,兴高采烈地说:

"小马呀,快飞奔吧。我真想立刻飞到海边!"

鸽子迅速升空了。两三分钟后,他们就已飞到了高空,匹诺曹几乎都可以触摸到天上的白云了。小木偶人一时好奇,忍不住从高空往下张望了一眼。然而,他一低头便吓坏了。他立刻觉得天旋地转,感觉自己就要掉下去了。于是,他用双手紧紧地搂住了"马"那长满羽毛的脖子。

这样,他俩连续飞了一天后,在黄昏时分,鸽子道:

"喂,觉得渴了吧。"

"我肚子都已饿扁了。"匹诺曹也说。

木偶奇遇记

"我们到鸽子房休息一下再走吧。明日清晨,我们就能到达目的地了。"

于是,他俩停了下来,走进了小鸽子房。房子里面放着一小盆水和一篮子豌豆。豌豆那难吃的苦味是匹诺曹从未领略过的。在他以为,他只要瞧上一眼豌豆,便要呕吐。然而,那天夜里,一向被他厌恶的豌豆让他美美地饱餐了一顿。他在快吃完的时候,对鸽子道:

"这是我从没吃过的美味,真是做梦都难以想到呀。"

"对呀。我的孩子,"鸽子道,"在你没有任何食物而又饥饿难耐的时候,即使是难吃的豌豆也会成为美味。没办法的时候,你是顾不上挑剔的!"

他们急急忙忙地填饱了肚子,接着又出发了。次日清晨,他们顺利地到达了目的地。

然后匹诺曹立刻被鸽子放落于地,他还没来得及感谢鸽子,鸽子便迅速地飞走了,一下子就无影无踪了。这真是一只善良的鸽子呀,做了好事,也不希望人家谢谢它。

有一大群人正聚在海边,他们正对着大海,一边挥舞着双手,一边高声呼喊着。

"发生什么情况了吗?"匹诺曹向一位老奶奶询问道。

"唉,因为小孩子没找见,他那伤心的爸爸要出海寻找。他乘的是一条小船。可是,今天风浪骤起,看来他就要随船一同沉没了。"

"哎呀！小船在什么地方？"

"喏，那就是。你顺着我指的方向看过去。"老奶奶一边指着小船一边说。在大海深处，真的漂浮着一只小船。小船上有一个像核桃壳一样小小的人影。

匹诺曹努力睁大双眼望过去，突然，他一声惨叫："我的爸爸，那是我的爸爸呀！"

海浪正狠狠地冲击着小船。小船一下子浮上了浪尖，一下子又掉入了谷底，情形真是危险极了。匹诺曹飞奔到了一块高高的礁石顶上，大声呼唤着他的爸爸。为了让爸爸能看到他，他不断地挥舞着双手、手帕，甚至是头上的帽子。

泽皮德距离海岸实在太远了。然而，他似乎注意到了匹诺曹舞动的身影。这真是万幸。只见他也取下了头上的小帽，挥舞起来。然而，又见他不停地变换着手里的动作。他似乎在说，他想返航，然而，狂啸的海浪却让他所有的努力都白费了。

突然，一个巨大的海浪朝着小船扑去。小船被浪头淹没了。岸上的人群一直在期盼着小船的再现，可是，小船似乎消失得无影无踪了。

"那个老人，真让人可怜。"

渔夫们仍然围在海边低语着。他们一边压低声音祈祷着，一边陆陆续续地开始往回走。

正在此时，一声哭叫从后面传了过来。人们纷纷回头张望，只看见一个小男孩一边高叫着"我要救我的爸爸！"一边一头扎进了大海。

由于匹诺曹是个木头人,他迅速地飘浮了起来。他像一条小鱼一样在浪头里翻腾着,一下子消失得无影无踪,一下子又似乎在浪头中伸出了他的头和胳膊。很快,他也消失得无影无踪了。

"这真是一个悲惨的孩子。"

渔夫们围在海边你一言我一语。他们再次小声祈祷着,陆陆续续地往回走了。

第二十四章

匹诺曹来到了辛勤劳作的蜜蜂岛,他再一次见到了小仙女。

为了能救爸爸,匹诺曹竭尽全力游了一整夜。

这个夜晚,一直下着暴雨,有时还夹带着冰雹,可怕极了。整个晚上雷声轰鸣,闪电不止。

将近天亮时分,匹诺曹终于发现了附近有一块长条状的陆地。看起来,那是海里的一个荒岛。

于是,匹诺曹拼命向岸边游去,然而,他却靠不上去。一个接一个的海浪连续向他扑来,他像树条或稻草一样被撞得东倒西歪。幸而凑巧的是,一个巨浪正好把匹诺曹送到了岸边。

由于海浪撞击得过于凶猛,匹诺曹跌倒在地,半天动不了身!他的肋骨和所有的关节差点被摔碎了。然而,匹诺曹挺能自我安慰的:

"多巧呀,这一次我又遇救了。"

没多久,天就渐渐亮了。初升的太阳,照亮了整个世界,大海突然也平息下来了。

木偶人的上衣和裤子都湿漉漉的。为了晒干,他把它们铺在了阳光直射的地方。随后,他就四周环顾起来,他希望能在平静的海面上发现爸爸的小船。然而,令他失望的是,展现在他面前的只有大海、蓝天和白帆。甚至白帆都还在大海深处,远望过去仅有苍蝇般大小。

"如果能知道小岛的名字该多好呀。"匹诺曹说,"如果这小岛上住着许多好心人,该多好呀。就是那种不会倒挂小孩子的那种好心人。然而,我怎么才能知道呢?这里没有一个人影,我如何探听呀?"

匹诺曹发觉自己孤身一人流落荒岛,他忍不住伤心地哭泣起来。突然,一条大鱼正从附近的海岸边游了过来,它将头伸出海面,缓缓地朝前游着。

匹诺曹不知道如何称呼它,匆忙中只能大叫:

"嘿!大鱼老兄,我能与你聊几句吗?"

"聊几句,可以呀。"大鱼答道。其实,匹诺曹一点也不知道,这是一条世上少有的海豚,而且它的脾气好极了。

"是这么回事,你能否告诉我,这儿有村庄吗?村庄里有食物吗?我不会被吃掉吧?"

"肯定有的,"海豚说,"就在附近。"

"怎么去呢?"

"左边有一条小路,你沿着它向前走,很快就到了。"

"再问问你,你一直都在大海里遨游,是否曾遇见过我爸爸和他的小船?"

"谁是你的爸爸呀？"

"就是世上最善良的爸爸！而我，却是世上最不听话的儿子。"

"你说的小船在昨夜的狂风暴雨中说不定已沉没了。"

"我的爸爸怎么了……"

"说不定凶狠的鲨鱼已把他吃了。两三天前，这有一条鲨鱼，一直在此残暴地做坏事。"

"一条很大的鲨鱼吗？"匹诺曹抖着身子问道。

"那个坏蛋多大？"海豚道，"说白一点,五层楼高的房子都比不上它。它那宽大深厚的嘴巴可以毫不费力地开进一辆火车的车头。"

"多可怕呀！"木偶一声尖叫，他匆匆忙忙套上衣服，跟海豚告辞了，"回头见,鱼老兄。请见谅，耽误你的时间了,多谢你的盛情相助。"

话音刚落，匹诺曹便迅速走进了左边的小道。他走得快极了,甚至可以说是飞奔了起来。只要后头有一丝动静，匹诺曹便担心地转身张望。他害怕比五层楼大，嘴里能装火车头的凶狠鲨鱼追赶他。

匹诺曹在路上飞奔了大约三十分钟。最后，他到了"辛勤的蜜蜂王国"。这里到处都是忙忙碌碌不停劳作的人。每个人都有自己的工作，都在兢兢业业地劳作着。这里就是打着灯笼也找不见一个无所事事的懒惰之人。

木偶奇遇记

"算了。"一向偷懒的匹诺曹立刻犯嘀咕了,"我不适合待在这里!我可不想一天到晚地工作。"

可是,很快匹诺曹便饥饿难耐,昏昏沉沉了。他已持续二十四小时没喝一滴水,甚至没吃过一颗豌豆。

天哪,究竟该干吗?

要想填饱肚子有两个法子:一是干活;一是乞讨,讨点钱或面包片之类的。

然而,沿街乞讨多让人抬不起头呀!爸爸总是告诉匹诺曹,一般只有老弱病残才会乞讨。也只有老弱病残——没有劳动能力养活自己的人,才能得到大家的怜悯和资助。只要是有劳动能力的人,就该干活。自己不干活的人挨饿受冻都是自找的,活该。

恰好,匹诺曹前头走来了一个满头大汗、喘着粗气的人。他呼哧呼哧地拉着两辆车子过来了。那上面满满地堆着像小山一样的两车煤。

看来,这人似乎是个善良的人。匹诺曹观察了一下,于是,他朝那人走去。他不好意思地耷拉下眼皮,低声说:

"善良的人,求求你了,请赏我一个索尔多①吧。我已经快饿得受不了了。"

"一个索尔多?"那个人道,"付你四个索尔多吧,唯一的条件是,你帮我将这两车煤推回去。"

---

① 索尔多:意大利货币单位,1索尔多等于0.05里拉。

"太可怕了！"木偶人愤怒地说，"我才不呢。我又不是驴子的替代品。我也从未拉过车子。"

"请便吧。"那个人说，"要是你饿得受不了的话，就将你那高傲的心切开吃了。不过，小心不要让消化系统出毛病！"

两三分钟后，一个抬着一大筐泥土的泥瓦工沿着街道走过来了。

"求你，赐我一枚索尔多吧。我好倒霉呀，我快饿死了，一直打着哈欠。"

"可以呀，你一块来抬这筐土吧，我肯定给你！"泥瓦工说，"不仅给一个，我给你五个索尔多都行。"

"这么重的土！"匹诺曹道，"我可从不干这么累的事儿。"

"要是你讨厌干体力工作，孩子，你就饿肚子、打哈欠吧。那才不累呢。"

大约三十来分钟吧，就有二十多个人从这经过。匹诺曹一一乞讨着。然而，他们一致答道：

"你怎么能抬得起头？不要这样无所事事嘛，要自己劳动，自己工作，才能买得起面包。"

最后，路过的是一个看上去慈眉善目的女人。她拎着两罐水走过来了。

"求求你，仁慈的阿姨，我能喝一口你的水吗？"匹诺曹道。他已经又渴又饿，快受不了了。

"你喝吧。孩子。"女人放下水说道。

木偶奇遇记

匹诺曹一口气咕噜咕噜喝了个够。就像一块海绵狠吸了许多水。喝完后,他一边擦着嘴,一边低声说:

"真是太好喝了,我终于不渴了。唉,要是肚子能填饱、不饿了该多好。"

听了这句话,那善良的女人立即道:

"要是你帮我将水拎回家,我拿面包给你吃。"

匹诺曹看着地上的水罐,不置可否。

"行,面包之外,再加一大盘用香油和醋凉拌的菜花。"

匹诺曹仍然看着水罐,不置可否。

"那就再加一块美味的酒心巧克力。"

这块酒心巧克力魅力太大了!偷懒的匹诺曹耐不住了。他狠下心道:

"别无他法,我就帮你拎回去吧。"

然而,这么重的水罐,木偶人用手是提不起来的,他只有将它顶在头上了。

回到家,匹诺曹便被善良的女人安顿在小餐桌前。她给匹诺曹端来了面包、凉拌菜花与酒心巧克力。

匹诺曹狼吞虎咽地吃光了。他那饿坏了的大肚子就像一间空屋子闲置了五个月无人居住。

匹诺曹这会舒服了。刚才还饿得针扎一样痛的肚子,一下子就不痛了。他抬起头,准备好好谢一谢救命大恩人。可是,他一抬头,就发出了一声惨叫,甚至对方的脸都没看太清楚!

他瞪大了双眼,双手举着叉,满嘴面包、菜花,傻愣在了那里。

"你怎么这么惊讶呢?"那位善良的女人笑着问道。

"是由于……由于……"匹诺曹说话都不连贯了,"由于你的模样像……我想一下……对!对!我记起来了!我记起来了!相同的声音……相同的眼睛……甚至头发都相同……对了,对了,对了!一样都是蓝色长发……几乎一样……天哪!小仙女!你是小仙女!是吗?你是!你就是小仙女呀!你回答我。我多么伤心地为你哭泣,我多难过呀。"

于是,匹诺曹哇哇地放声大哭起来。最后,他紧紧搂着她的膝盖,跪倒在地。

第二十五章

匹诺曹在仙女面前发誓,他一定做个听话的孩子,认真读书。他再也不想做木偶人了,他盼望自己能成为一个真正的人,成为一个杰出的孩子。

这个好心的女人一再否认自己是长着蓝色长发的小仙女,然而,匹诺曹已经看穿她了。于是,她不再假装了。她说,自己的确就是小仙女。并且,她向匹诺曹询问道:

"你这个调皮鬼,如何识破我的?"

"那是由于我对你的过分爱戴所致。你不是曾经说过吗?对吗?"

"我想一下。可是,如今我都长大成人,几乎可以当你的妈妈了,而那时,你走的时候,我还小着呢。"

"我太高兴了!果真如此的话,以后,我就叫你妈妈,不叫你姐姐了。我在许久以前就希望自己有个妈妈,就像其他小孩一样……但是,你怎么就长大成人了呢?"

"这是不能告诉你的。"

"请让我知道吧。我也希望长大呀。我总是一点点,就像小奶酪一样,只值一个索尔多啦。"

"但是,你是没法成长的。"仙女说。

"这是为什么呢?"

"无论怎样木偶人都是长不大的。从一生下来,到死也只是一个木偶人。"

"我不想永远做一个木偶人!"匹诺曹一边使劲摇着头,一边叫道,"我想快快成长,像其他孩子一样!"

"你能长大的,但是你必须按成长的要求去做。"

"是真的吗?按你的说法,我该做什么事呢?"

"其实也没什么,你当一个听话的乖孩子就可以了。"

"难道我不够听话吗?"

"岂止如此……听话的乖孩子才不像你呢,你呀……"

"我是从来不听从劝告。"

"一个乖孩子应认真读书,热爱劳动,可是,你……"

"可是,我从来就无所事事,东游西荡,是吗?"

"乖孩子是不说谎骗人的……"

"而我总是骗人。"

"乖孩子都喜欢上学。"

"而我,一说到上学,脑袋就大了。可是,从今往后,我一定改头换面!"

"你发誓?"

"我发誓。其实,我也想做一个听话的乖孩子,让爸爸不为我担心……爸爸如今在哪呢?"

"不清楚。"

"如果能和他重逢,和他紧紧相拥,那该多棒呀!"

"你们能重逢的,你们一定能重逢的。"

匹诺曹听完小仙女的回答,一颗心彻底放了下来。他乐疯了一样,抓起小仙女的手,一阵狂吻。最后,他歪着头,撒着娇,看着小仙女道:

"请告诉我吧,妈妈。如此看来,你的死是假的喽?"

"似乎是吧。"仙女笑道。

"我一念到'长眠于此'就难过极了,整个喉咙似乎被什么掐住了一样。"

"我很清楚。正由于此,我才不怪你了。你的哀伤那么真实。所以,我想你其实还是一个好心的孩子。虽然你还有些调皮,又爱捣乱,有各种不良习惯,但总的看来,你还有救。也就是说,你还能改邪归正。于是,我专程来找你。实际上,为的就是让你改正错误。从今往后,我就是你的妈妈了,你真真正正的妈妈。"

"嗯!真是太棒了!"匹诺曹高兴得蹦了起来。

"但是,你要老老实实听从教导,往后听我的话,行吗?"

"我一定能的,一定能的!"

"明天开始,"仙女道,"你立即到学校去上课。"

匹诺曹听了这句话,立即便少了一半的劲儿。

"其次,你得学习一种工作或手艺,必须是你喜欢的。"

匹诺曹一副不情不愿的模样。

"你别叽叽咕咕了！"仙女发怒道。

"我只是想说，这会儿去上课会不会太迟了。"木偶低声嚷道。

"不会的。学习和工作，永远都不会太迟的！"

"但是，我既不想工作，也不想学手艺。"

"这是为何？"

"不为什么。太辛苦了。"

"你听好了，孩子，"仙女道，"有这种想法的人，最终结果不是关进了大牢，就是饿死在路边。无论你生来是穷是富，都得有所作为，可以工作，也可以做手艺活。一旦有了偷懒的坏习惯，这个人就不行了。如果从小不能改正，长大后也就没治了。"

匹诺曹听了这些话，醒悟到自己又犯错了，他重新鼓足勇气，仰头对仙女道：

"我去上学，去干活。你说什么，我就做什么。我再也不想做一个木偶人啦。不管用什么方法，我希望能成为一个真正的人类的孩子。你帮帮我，行吗？你说呀？"

"我想行吧，可是，这一切努力都得靠你自己。"

第二十六章

匹诺曹与他的同学们一块奔到了海边,去看凶狠的大鲨鱼。

次日,匹诺曹就来到了一家公立学校,正式上课了。

课堂里的调皮鬼们看见来了一个木偶人,整个教室就炸开了锅,简直像捅了一个马蜂窝似的。他们一个个捧腹大笑,止都止不住。匹诺曹被一个又一个同学捉弄,捣乱接二连三地发生。一会儿,匹诺曹的帽子被抢走了,一会儿他的上衣又被人扯住了,他的鼻子下面,差点被人用墨水涂上了两撇八字须,甚至,他的手也差点被捆上,带去牵绳跳舞。

起初,匹诺曹并不受他们的影响,佯作不知,然而,最后还是控制不住了。他回过头,凶狠地对那些捣乱最起劲的人说:

"大家听好了,我并不是你们的玩偶!我来这儿学习是因为我想像你们一样,做一个出色的人,能得到你们的认可。"

"这个小东西可真神哪!他简直是《天方夜谭》。"

所有的调皮鬼都笑得东倒西歪的。有一个人还极为粗野地伸过手,企图去捏匹诺曹的鼻子。

然而,没料到的是,他已来不及了。匹诺曹从书桌下面,使劲踢了一脚过来,正好踢在了这个坏家伙的小腿骨上。

"啊,真痛哪!怎么踢那么重!"那个家伙一边摸着被踢青了一大块的小腿,一边说道。

"讨厌的胳膊肘,怎么比脚踢还疼呀!"又有一个孩子叫了起来。原来,他捣乱得过分了,被匹诺曹打了一胳膊肘,正好打在了肚皮上。

匹诺曹因为这一脚和一胳膊肘的有力还击,立刻受到了全体学生最热烈的拥护与爱戴。大家纷纷围在他的身旁,一边摸着他,一边从心眼里涌出一股喜悦之情。

匹诺曹受到了老师的称赞。因为他十分尊敬老师,人又聪明灵巧。并且,他总是第一个来到学校,最后一个离开。

然而,唯一不好之处在于匹诺曹有过多的小伙伴。其中不乏有名的厌学、调皮捣蛋的坏孩子。

"匹诺曹,你该注意点。和这样的人朝夕相处,不久你就会同样厌学,甚至做坏事的。"

"没关系。"

匹诺曹不在意地耸耸肩,他一边用手指着自己的脑袋,一边表示道:

"我有足够的聪明才智,能识别善恶。"

然而,有一天,上学途中,一些这样的坏家伙拦住了匹诺曹,他们说:

"嘿!匹诺曹。想不想听重要消息?"

木偶奇遇记

"什么呀?"

"听说,这边的海里游来了一条鲨鱼,像山那样大哪。"

"这是真的?难道是爸爸被淹时,海豚提过的那条吗?"

"来,一块去那里看看吧!"

"不可以的,我要上课了。"

"有什么好学的。明天一样能学呀。你上那么多学,有什么用?还是一样笨。"

"可是,老师会批评我的!"

"随他去吧。这些老师就知道一天到晚唠唠叨叨,他们以此挣钱呢。"

"可我妈妈……"

"她不会晓得的。"

"好吧,就这样吧。"匹诺曹说,"我去看那条大鲨鱼,是有特殊原因的……我下课后再去。"

"你这个笨蛋!"有人叫道,"你是不是觉得鲨鱼会为了你,留在那儿不走吗!它只逗留一会儿,便会游到其他地方去的。那时,你再去,怎么能见得到呢!"

"去海边有多远呀?"木偶道。

"大约来回一个小时的工夫吧。"

"那就出发吧。我们来赛跑,看谁厉害!"匹诺曹叫道。

调皮鬼们一听这话,立刻夹紧书和笔记本,撒腿狂奔起来。跑在人群最前头的是匹诺曹,他跑得飞快,似乎腿上长了翅膀。

第二十六章

他一边跑,一边回头,讽刺着远远跟在后面的那群家伙。那些人狼狈极了,一个个伸着舌头,喘着粗气,灰头土脸在后面追着。匹诺曹忍不住捧腹大笑。此时,他一点也没料到,马上就有重大的灾祸要发生了。真是可怜呀,大祸即将降临了。

第二十七章

匹诺曹与大伙恶斗了一场。由于有人被打伤了,警察逮走了匹诺曹。

等大家到达海边后,匹诺曹立即向四周环顾着。然而,一丝鲨鱼的踪迹也没发现。海上风平浪静,就像一面大镜子。

"喂,鲨鱼呢?"

匹诺曹向大伙询问道。

"可能去吃早餐了。"有人笑道。

"也可能上床睡大觉了。"又有人大笑着补了一句。

匹诺曹听着大家讥讽的话和刺耳的笑声,他醒悟到,自己被他们骗了。他们为了不动声色地骗来匹诺曹,竟然编出了这么栩栩如生的故事。匹诺曹立即火冒三丈,他生气地说:

"嘿,我和你们有什么夙怨吗?为了骗我到这儿来,竟假造了一条鲨鱼?"

"当然有目的喽。"大伙异口同声道。

"为什么?"

"我们希望和你一块玩,不愿你去上学。你怎么不难过呀!天天老老实实上学,认认真真读书。你干吗这么用功呀,难道你不觉得难过吗？啊?！"

"我上学碍着你们了吗？"

"当然了！就是你来了,老师才看不起我们。"

"这是为何？"

"为何?正因为你这种好学之人存在,老师就看不起我们这些厌学的人呀。我们也有自尊心哪,我们才不想让人看不起呢！"

"你们想要我怎么办呢？"

"要你也和我们一样,厌恶上学、读书,厌恶老师。这三样是我们大伙的天敌。"

"可是,如果我还是要接着上学呢？"

"那咱们就一刀两断吧。到你下次上课时,我们再收拾你。"

"唉！不要开玩笑了！"匹诺曹摇着脑袋,反唇相讥道。

"嘿,匹诺曹。"他们当中个头最高的孩子蹦出了人群,叫道,"你在这儿,别指望能摆什么臭架子,在这儿,装模作样是一点用也没有的,你难道不怕我们吗?我们才不怕你呢！你看清楚点,你现在是寡不敌众,一比七。"

"七个人,恰好数目与七宗罪①一样。"匹诺曹哈哈笑道。

"大家听见了吗？他居然拿我们当罪人,等同于七宗罪！"

"你,赔礼道歉吧！居然当我们是罪犯……你不赔罪,我们

---

① 七宗罪:基督教的七大罪恶:傲慢、贪婪、淫欲、暴怒、暴食、嫉妒、懒惰。

决不轻饶!"

"咕咕,咕——"木偶人叫唤起来,像马一样拖长了声音。为了表示嘲讽,他一边用食指敲打着鼻尖,一边叫着。

"匹诺曹,别高兴过早了,你不会有好下场的。"

"咕咕——"

"我们要狠狠打你一顿,就像揍驴一样!"

"咕咕——"

"捏断你的鼻子,才让你回家。"

"咕——咕——"

"看我们怎么收拾你吧!"调皮鬼中为首的一个发怒了,"过来,试试这个,晚餐你就可以省了!"

转眼,匹诺曹的头上就挨了他狠狠一拳头。

然而,匹诺曹可不甘被欺负,他立即回击着,双方一片混战。木偶人仿佛早有准备,马上挥手给了那家伙一拳头。转瞬之间,一场大仗开始了,所有的家伙都加入了恶斗的行列。

匹诺曹孤身一人,却打得异常英勇。他那一双坚硬的脚,踢得淋漓尽致。那群坏家伙几乎挨不上他。一旦挨上了,就会被匹诺曹踢上一脚,踢得身上红一块紫一块,成为恶斗的纪念品。

调皮鬼们气坏了。哼,肉搏战打不赢,那就砸东西吧。于是,他们拿出了书包里的书,一本接一本地扔向匹诺曹:拼音书、语法书、《那内提诺》、《梅洛曹》、德瓦尔的《童话集》、巴锡尼的

《小鸡的回忆》①等等。然而,匹诺曹观察力强,身体又轻巧灵活,他都一一避开了。所有的书统统越过匹诺曹的头顶,扑通扑通飞到了大海里。

大海里的鱼儿们惊讶极了。呀,可能有什么好吃的吧,它们立刻一拥而来,把头探出水面,没想到,刚嚼了一大口,它们就难以下咽了,原来只是一些印着字、画着图的纸片呀。它们又飞快吐了出来:"唉,唉,真不好吃,怎么能让我们吃这样的东西!我们向来都有美味充饥的。"

此时,岸上的大仗正愈演愈烈。一只大螃蟹正好浮出水面,忽悠忽悠上了沙滩。看到眼前的情形,它急忙扯着破伤风似的嗓子嚷道:

"你们这些捣乱分子,停下,停下。小孩子就这样打混战是不行的。你们会闯大祸的。"

可惜,它的话就像风吹过似的,没有一点效果。调皮的匹诺曹回过头,一边狠狠地盯着它,一边粗野地说:

"闭嘴,你少管闲事!有空不如去治治你那破嗓子。滚回去吃几颗药丸吧,要不就闷进被窝里,出出汗!"

这时,所有小孩随身带来的课本都已抛完了。于是,他们就伸手抢过放在一边的匹诺曹的书包。

匹诺曹的书包里有一本硬皮封面、羊皮纸包边的算术课

---

① 《那内提诺》、《梅洛曹》是本书作者科诺迪的作品。它们和德瓦尔的《童话集》、巴锡尼的《小鸡的回忆》在当时都是教科书。

木偶奇遇记

本。这是本非常重的课本。

其中一个调皮鬼拿起书,狠命砸向匹诺曹的脑袋。然而,不幸的是他没砸到匹诺曹,反而砸到了自己的一个同伴。那个小孩吓坏了,脸刷地变得苍白,就像浆洗过的白布,他一边叫着:"天哪,妈,来救我,我快要活不成了……"一边扑通一声摔倒在地上。

调皮鬼一看出事了,他们害怕极了。那个小孩准没命了,他们哄的一声就四处逃窜,一会儿就不见踪影了。

只有匹诺曹一人没有溜跑,他已经被吓傻了。他既伤心又担心。于是,他立刻奔到海边,打湿了手绢,敷在那个倒霉孩子的额头上。他难过得直掉眼泪,不停地哭着叫唤那小孩。

"阿杰里奥!……醒醒!阿杰里奥!请张开你的眼睛吧!你回答我呀!这不怪我,不是我砸的,你知道吗?真的不是!请睁睁眼吧,阿杰里奥!你要是不醒过来,我也活不成了!天哪,发生了这种事,我怎么办呢?……我还能去见好心的妈妈吗?我该如何是好呢?……往哪里跑呢?躲哪里去呢?……唉,如果能去学校就好了!比这好多了!……我为什么要相信他们呢?都是他们害的……'要小心坏家伙'是老师一再告诫的,妈妈也一再劝我。可是,我为什么听不进去呢,唉,我总是这么耍小性子又太倔了!最后受点处罚也是活该……我老是这样,从来就没有安稳地过过好日子。天哪,如何是好呢?如何是好呢?"

匹诺曹一边哭泣着,用拳头敲着脑门,一边喊着阿杰里奥,突然,一阵咚咚咚的脚步声传来。

他转过头,原来有两个警察闻声赶来了。

"喂,你在地上做什么?"他们问道。

"我在照顾我的伙伴。"

"他生病了吗?"

"可能是吧。"

"可能是,你这话是指什么?"一个警察蹲下了身子,他仔细看了看阿杰里奥,然后说:"是什么人把他的太阳穴打伤了?"

"别怪我,不是我呀。"匹诺曹觉得全身发软,他吞吞吐吐地说。

"要是不是你,那到底是什么人干的?"

"反正不是我!"匹诺曹又道。

"是一种什么家伙打中他的?"

"就是这课本。"木偶拾起那本硬皮、羊皮纸包边的算术课本,对警察说。

"谁的课本?"

"我的。"

"行了,一切真相大白了。不用再查问了。你,立刻起来,随我们走一趟!"

"但是,我……"

"走开!"

木偶奇遇记

"但是，犯事的人不是我！"

"别啰唆，走就走吧！"

这时，恰好岸边驶过一条小船，船上坐着几个渔夫。警察在逮走匹诺曹前，对他们说道：

"这儿有一个受伤的小孩，你们能否照顾一下？能否赶回去为他治一治？我们过一天再来看他。"

之后，他俩便逮住匹诺曹，并把他夹在中间，下令开路了：

"往前走！抓紧时间！否则，有你好看的！"

木偶人无可奈何地一道踏上了去小村子的道路。匹诺曹真可怜，他已完全迷糊了，他觉得一切仿佛都是一场噩梦。一场怵人的噩梦，他只觉得眼前一阵发黑，一切景象都重重叠叠的。他已无法开口说话了，舌头都麻了，两腿一直在哆嗦。匹诺曹已经没有能力考虑自己的处境，他已傻了，他唯一在乎的就是小仙女。警察抓着他的胳膊，要是经过好心的仙女家，要是小仙女看见了，那多难受呀！如果这样，不如死了算了。

总算到达村口了。他们三人正准备进去，然而，一阵大风刮来，吹跑了匹诺曹的小帽。

"请原谅，"匹诺曹说，"能允许我去拾一下帽子吗？"

"去去，抓紧时间！"

木偶人飞奔而去。他拾起了小帽，来不及戴上，咬在口中，便迅速逃向海边。那速度快极了，就像一颗出了枪膛的子弹。

警察马上叫来了一只凶狠的大警犬，命令它全速追赶。他

第二十七章

俩可跑不过匹诺曹。这条警犬是比赛中的头号选手。匹诺曹飞奔着,但是,警犬更快。村子里许多人已纷纷拥出家门,走上街头,或是从窗户探出身子,神情紧张地等待着这一赛跑的结果。然而,让人预料不到的是警犬和匹诺曹飞奔而去,一会儿便无影无踪了。大家都不知结局如何,失望之至。

第二十八章

匹诺曹差一点就被扔进油锅,像鱼一样被炸了!

真是到了危急时刻了,双方都在竭尽全力地狂奔着。匹诺曹已是疲惫不堪,然而,埃杰罗(这只警犬之名)却快马加鞭地跑着。他俩的距离越来越近了。

木偶人已经可以听到警犬呼呼的喘气声了,就在后面大约十厘米远的地方。而且他几乎能感到警犬呼呼吐出的热气了。

可是,匹诺曹还挺幸运的,只有五六步远他就到大海边上了。

很快,匹诺曹便奔到了海边。他竭尽全力跳进了大海,那姿势像青蛙跳水一样,棒极了!埃杰罗死命赶着,根本不知道大海就在眼前。只见他一下没刹住,飞快地也嗵的一声冲到了大海里。然而,不幸的是,这是一只不会游泳的警犬。它惊慌失措地在水里一阵乱踢,希望能浮出水面。可是,它越是挣扎,越是下沉。

好不容易,它将头伸出了水面。于是,可怜兮兮、慌里慌张地叫着:

"就要把我淹死了! 就要把我淹死了!"

"死你的吧。"

匹诺曹觉得自己已安全了,于是远远地朝警犬叫道。

"匹诺曹,你过来拉我一把,救救我吧,求你啦,救救我吧!"

埃杰罗悲惨的叫声,感动了心地十分善良的木偶人。他又转过身,对狗道:

"要是我救你上来,你能不抓我吗?你能发誓再也不来追赶我了吗?"

"我发誓,我可以发誓!你来救救我吧,快点,再过三十秒,我就会淹死了!"

救吗?匹诺曹只稍微迟疑了一下。然而,他记起了一句老话:好人有好报。所以,他便不再犹豫了,立即赶去救埃杰罗。就这样匹诺曹拖着狗尾巴,把它拖上了岸。埃杰罗得救了。

埃杰罗也真是倒霉,这么一折腾,它几乎都无法站直身子。难喝的又苦又涩的海水,全灌进了它的肚子里,被水胀大的大肚子就像个大气球。天哪,我这么相信它,它还会再追我吗?匹诺曹心里犯嘀咕了。于是,他小心提防着又蹦到了大海里,一边游离海岸,一边对获救的警犬说:

"再见了,埃杰罗。一路小心,代我问候你的全家。"

"匹诺曹,再见了。"警犬道,"非常感谢你的救命之恩。我将永生难忘。你一定会有好报的!如果有需要之处,尽管来找我。"

第二十八章

顺着海岸漂游了一阵,匹诺曹觉得可以上岸了。他环顾了一下四周。嘿!前方的礁石上有一个大洞,那里正忽悠忽悠地冒着一缕一缕的青烟。

"那边的礁石洞里,"匹诺曹叽叽咕咕道,"肯定正燃着火。我可以借这机会,烤烤衣裳,也可以暖暖身体……其他的事嘛,现在不管了,再说吧。"

匹诺曹心里做完决定后,立刻向礁石游去。

然而,意外又发生了。当他到达那里,正要往上爬之时,猛然,水下不知有什么东西把他网住了。他一下子被抬得老高,整个身子吊在了半空中。匹诺曹心想糟糕,正要跑,可是,已经太迟了。他大吃一惊,原来自己被渔网逮住了。渔网里,不仅网住了木偶人,还有各种各样大大小小的鱼,它们都在死命蹦跳着,企图突破重围。

正在此时,一个渔民从山洞里出来了。他真像一个妖怪,长得丑陋极了,看着就让人害怕。他从头到脚都是绿的,头上长着乱七八糟的绿草,双眼发绿,甚至垂落到地上的长胡子也是绿色的,整个看起来就和一只靠后腿站立的大蜥蜴没一点区别。

渔民拉起了渔网,高兴得直叫:

"呀,真丰盛!多谢上帝,今天又有鲜美的海鱼吃,又可以美餐一顿了。"

"呀,这下可好了!我不是鱼呀。"匹诺曹又精神抖擞了,他自己唠唠叨叨地说。

木偶奇遇记

满载而归的渔民带着一网鱼回到了山洞。山洞里漆黑一片,远处似乎正冒着浓烟。原来,那边中部地区架着一口燃得正旺的油锅。锅里正呼呼地烧着什么,一股燃蜡烛的味道飘了过来。整个山洞难闻极了,简直让人喘不过气来。

"啊,看看今天有何收获。"

绿茸茸的渔民道,一边说还一边伸手从渔网里掏出了几条绿绿的鳍鱼。他那只手真够大的,就像烤面包用的大铲子。

"这鱼可能挺鲜美的。"

渔民高兴地说。他凑上去闻了闻,又仔细察看了一下,便将鱼甩进了一个无水的大缸。

然后,他就不停地把鱼都捞了出来。与此同时,渔夫馋得口水直流。他乐坏了:

多么棒的鳕鱼呀,

多么鲜美的鲻鱼呀,

多么嫩的比目鱼呀,

多么可口的鲈鱼呀,

多好的沙丁鱼,头也一块吃了吧。

毋庸置疑,所有的鳕鱼、鲻鱼、比目鱼、鲈鱼、沙丁鱼无一例外地被渔民甩入了缸中,和绿色的鳍鱼混杂在一块了。

匹诺曹是最后一个从网中捞上来的。

他一被捞上来,就吓呆了渔民。渔民瞪大着绿眼睛,哆哆嗦嗦地说：

"这是只什么鱼呀？我可从未尝过这么稀奇古怪的鱼！"

然后，渔民从上至下又打量了一次。他仔仔细细浑身观察一阵后，开口道：

"哦，我清楚了，这一定是只大海蟹。"

匹诺曹气极了，把我当海蟹了！他怒声叫道：

"谁是海蟹了？你叫谁海蟹呀？笨蛋！让我来说吧，我是一个木偶！"

"木偶？"渔民道，"好呀，我真的是头一次见到木偶鱼。太好啦！行，看来，你可以做成一道美味。"

"你要把我做菜？你听清楚了吗？我可不是鱼呀！你没听见我在和你说话，在和你讲道理吗？我和大伯你一样呀。"

"的确是，的确是。"渔民说，"你是一条像我一样会说话的鱼。那么，我一定特别优待你。"

"特别优待，什么意思？"

"也就是说我会让你自个选择如何制成美味。这是我对你最好的尊敬和优待了。你想用大勺油炸呢？还是想被放在平锅中加点番茄酱炖一炖呢？"

"坦白说吧，"匹诺曹道，"要是真让我作选择，我希望你能还我自由，放我回家。"

"你说笑话吧！谁会那么笨呀，逮到了稀有的鱼，不吃反而放了！木偶鱼可不是天天都能抓到的。行了，我来安排吧——你和其他的鱼一块油炸算了。这么安排,你该乐意了吧?和大伙一块油炸,是对你的优待了。"

可怜的匹诺曹听完之后,哭呀,叫呀,希望渔民能放过他,他哭泣着说:

"还是上学好呀!我如今落到这样的下场,就是由于上了坏家伙的当。呜呜呜,呜呜呜,呜呜呜……"

匹诺曹的身体东摇西晃着,像鳗鱼似的扭动着。他希望能逃出渔民的魔掌。可是,随即,渔民捡起了地上的一根干灯心草。他把匹诺曹像绑香肠一样五花大绑,然后,甩进了装有其他鱼的那只大缸里。

接着,渔民便动工了。他先取来了一只木头盒子,里面装着一盒子面粉。然后,挨个在鱼身上抹上面粉。抹完后,便挨个把每条鱼抛进了烧得正旺的油锅里。

油锅中依次被炸的是鳕鱼、鲈鱼、鲻鱼、比目鱼和沙丁鱼,终于下面就该是匹诺曹了。匹诺曹害怕得直发抖,这一次可怕的死神终于降临了。他的嗓子都哑了,一点呼救的话也叫不出来,甚至似乎气都喘不出来了。

匹诺曹真让人心酸呀。他只好转动着眼珠,表示着求饶。但是,渔民才不搭理他呢。他在匹诺曹身上一次又一次地抹着面粉。抹了五六次后,匹诺曹看上去就像一个石膏像一样,全身都裹在了面粉中。

然后,匹诺曹就被渔民一把抓住了脑袋,抬手一扬……

第二十九章

匹诺曹又回到了仙女的家。仙女还应允了匹诺曹,次日就将他变为一个人类的孩子;并于第二天,设一个牛奶咖啡宴来庆贺。

渔民抬手一扬,正准备将匹诺曹甩进油锅,这时外头进来了一只狗,它闻见了炸鱼的浓香,所以顺着味儿慢慢找过来了。

"嘘!走开!"

渔民手中仍然提着面粉人匹诺曹,一边赶着狗。

然而,这只狗看来早已饥肠辘辘了!它可怜兮兮地摇尾乞怜着:"赏我一口炸鱼吧,我吃了就走。"

"喂,滚开!"渔民道,他一脚向狗踢去。

但是,狗真是饿得受不了了。这时,如果鼻子上落一只苍蝇,它也会暴跳如雷的。于是,这只狗发怒了,龇着牙齿,伸出了前爪,似乎在向渔民示威。

突然,一阵低语声不知从何而来,传到了狗的耳朵里。

"救我吧!埃杰罗。否则,他要把我油炸着吃了。"

呀,这是匹诺曹吧。狗马上辨认出来了。然而,令它大吃一惊的是,似乎是渔民手里的面粉团发出的声音。

木偶奇遇记

埃杰罗思考了一会儿,马上突如其来地一蹿,直扑面粉团。它立刻抢到了手,随后,便轻咬着面团,迅速地蹿出了山洞。

渔民气急败坏了,眼见着到手的美味儿被恶狗抢了。于是他拔腿便追,然而,没追几步,他便停了下来。原来,他突然一阵咳嗽,难受极了,所以只有放弃了。

转眼之间,埃杰罗便已飞奔到了去往小村庄的路上。然后,它停了下来,轻手轻脚将匹诺曹放了下来。

"我怎么谢你呢!"木偶人说。

"不了,不用了,不用谢。"狗答道,"你也救过我一次,这正好可以报答你。好人有好报。无论如何,互相帮助是应该的。"

"你为何跑到山洞去呢?"

"在你离开之后,我很长时间都麻木地倒在海岸上,就像死了一样。后来,有一阵炸鱼的浓香随风吹来。我立时觉得很饿了,连肚子都发出了咕咕声,所以,我顺着香味寻找过来了,如果我来晚一分钟的话……"

"好了,别说什么了!"匹诺曹哆哆嗦嗦地叫道,"千万别说下去了!要是你真的来晚一点,你就再也见不到我了,我一定被炸成了鱼干,被那坏家伙吞到肚子里了……回想起来,我就忍不住直发抖。"

于是,埃杰罗伸出了前面的右爪,微笑着准备和匹诺曹握手。匹诺曹一把握紧它,感到了友情的可贵。随后,他们就告别,各自上路了。

警犬自己奔回家去了,而匹诺曹等它走了之后,来到了路边的一幢小屋。那里有一位老大爷在外头晒太阳。他问道:

"老大爷,你认识阿杰里奥吗?他头上受了重伤?"

"哦,是那孩子呀,他曾经被几个渔民抬着到过这里,不过如今……"

"他已去世了吗?"匹诺曹担忧地插了一句。

"不,他蹦蹦跳跳地回家去了。"

"没有骗我吧?真不假?"木偶乐坏了,他蹦得老高,道,"他的伤难道不严重?"

"当然,不过如果再偏一点,那他就有性命之忧了。"老大爷道,"打中他头部的是一本很沉的硬皮课本。"

"谁打了他呀?"

"似乎是他的一个同学,叫什么匹诺曹吧……"

"匹诺曹是什么人呀?"木偶人假装不认识,说。

"他是一个没用的家伙,无所事事,东游西荡,品质也不良。"

"骗人!才不是这样的呢!"

"那个匹诺曹,你很熟悉吗?"

"我曾经见过。"木偶道。

"你认为如何呀?"

"那孩子看上去不错呀,关心家人,孝顺爸爸,又热爱

木偶奇遇记
Muou Qiyu Ji

学习……"

木偶人一点也不觉得不自在,就顺口胡诌了。没想到,他顺手摸了摸鼻子,天哪!糟糕,鼻子猛长了十厘米。匹诺曹马上慌了神,他赶紧叫道:

"老大爷,那只是他好的一方面,你千万不要信以为真。其实,我很清楚匹诺曹的为人。有时,他的确是个不听话的孩子。不听教导,也不勤奋……又不去上课,总和大伙一块调皮捣乱。"

他说完这话后,长鼻子马上又变短,跟原来一样了。

"你为什么成了这个样子,这么白?"

"是这么回事,啊……我不小心撞到了墙,那上面的白粉沾了我一身。"木偶道,他没脸说出自己裹上面粉差点被扔进油锅,当成鱼炸了的事。

"呀?那你的衣、裤和小帽哪儿去啦?"

"我被盗贼拦住了,他们抢走了我的衣物。老大爷,你有什么东西可以让我穿一穿吗?能够让我遮遮身子,回家去。"

"这个呀,孩子,我仅有的一样就是这小口袋了。这是用来装豆子的。如果你用得着,就给你吧,嗯,给你。"

匹诺曹拿过了空袋子。然后,他在口袋下面剪了一个小洞,又在两边剪了两个小洞,衣服完工了。他套在了身上,像穿衬衣一样。于是,就这副模样,匹诺曹又上路了,他往村子走去。

然而,走着走着,匹诺曹突然觉得不舒服了。前前后后看一

第二十九章

看,唉,他这个模样真难看。他不停地在那儿嘀咕:

"怎么能这个样子去见善良的仙女呢?仙女看见我,会有什么反应呢?我又犯了错,她还会谅解我吗?不会了,她一定不会了,不会了。没有她的谅解……也没办法,为什么我一再发誓要乖,可总是不能兑现呢?"

在天已完全黑了、四周伸手不见五指的时候,匹诺曹终于到了村子。突然,天气骤变,下起雨来了,而且越下越大。匹诺曹淋着大雨奔向仙女的家。不在乎什么鬼样子了,还是尽快敲门进屋去吧。

可是,匹诺曹足足等了三十分钟。最后,五层楼上有一个窗户开了。匹诺曹立即抬起了头,上面有一只蜗牛,头上点着一盏小灯伸出头来了。它问匹诺曹:

"这么大晚上的,谁来敲门呀?"

"仙女在吗?"木偶问。

"她已经进入梦乡了。她曾叮嘱,千万别打搅她睡觉。您是什么人呀?"

"是我呀!"

"'我'是谁呀?"

"我是匹诺曹呀。"

"'匹诺曹'是谁呀?"

"就是小木偶呀,是仙女的……"

"嗯,知道了。"蜗牛说,"等一下,我这就开门去。"

"求求你,快一点吧,我快冷死了。"

"孩子,我只是一只蜗牛呀!蜗牛是没办法快的。"

一个小时过去了,又一个小时过去了,然而,门一点都没动静。匹诺曹又冷又怕,在雨中直发抖。他再次壮了壮胆,使劲又敲响了大门。

这时,听到响声后,蜗牛从低一层的窗户那儿伸出了脑袋。

"美丽的小蜗牛呀,"匹诺曹在街边叫道,"都两个小时过去了,我好冷,又好害怕呀。这两个小时就像过了两年,求求你,快一点下来吧!"

"孩子,"小蜗牛在窗户那冷静、郑重地说,"你怎么没听见,孩子,我是一只蜗牛,蜗牛是没有办法快的。"

窗户再次关闭了。

没多久,半夜12点的钟声响起来了。接着,1点,2点,大门依然没有一点动静。

最后,匹诺曹实在等不下去了。他怒气冲冲地一把抓住门上的铁环,准备死命敲门,吵醒整幢屋子。然而,出乎意料的是,铁门环一下子变成了一条鳗鱼。它一溜烟蹿过了匹诺曹的手心,落到街中哗哗的雨水中,一会儿便消失得无影无踪了。

"怎么了!"匹诺曹已经暴跳如雷了,他大声喊道,"没有门环,我用脚踢,哼,用脚踢!"

于是,他往后退了几步,一鼓作气,咚,一脚踹了过去。然而,他过于用劲了,结果,大半条腿夹在了门板中。他怎么使劲也拔不出来,就像钉在门上的钉子,太牢固了,没办法出来了。

第二十九章

于是,匹诺曹就这样一副可怜兮兮的模样,一只脚站在门外。他一直等呀,等呀,漫漫长夜都过去了。

次日清晨,大门终于打开了。这只美丽可爱的小蜗牛从五楼下来花了整整九个小时。不过,这对于蜗牛来说,已经相当不错了。

"大门怎么夹着你的腿啦?"蜗牛笑道。

"真是不幸落难呀。唉,美丽的蜗牛呀,你能帮我拔出腿来吗?"

"孩子,这应该由木匠师傅来做。我可做不了。"

"你去求求仙女,让她来帮帮我,跟她说,我求求她了……"

"仙女睡了,她叮嘱过不能打搅的。"

"可是,我一直夹在这儿,怎么办呢?"

"你可以数数路过的小蚂蚁,打发时间嘛。"

"你可否给我点食物呀,我快饿死了。"

"行,我立刻去取。"蜗牛道。

这回挺快,三个小时后,蜗牛顶着一个银托盘过来了。那上面有面包、烤鸡和四个熟透了的杏。

"仙女赏你的早餐。"蜗牛道。

木偶一看到赏来的美味,立刻就开朗了。然而,他正准备吃时,才发现,这是假的,石灰做的面包,纸做的烤鸡,上了色的石膏杏。唉,一看明白,匹诺曹的心情真是一落千丈。

匹诺曹哭丧着脸,恨不得将托盘及假食物全摔了出去。然而,不知是饿坏了,还是过于激动,他突然扑倒在地。他晕过去了。

等他恢复神智时,发现自己已躺在了沙发上,仙女正守候着他。

"我再给你一次机会。"仙女道,"下次再犯错误,我决不再饶你。"

于是,匹诺曹保证道,从此一定认真好学,不犯错事。接下来的这一年里,匹诺曹实现了他的许诺。在寒假来临之际,他的期末考试成绩名列全校第一,并获得了优秀奖。他的行为举止也大为改观,令人称赞。于是,仙女乐了,她对匹诺曹说:

"好吧,你的梦想明天就可以变成现实了。"

"我的梦想?"

"从明天开始,你将成为一个可爱的孩子,真正的人类的孩子,不再是一个木偶人了。"

匹诺曹听到这突如其来的好消息,高兴极了。不在场的人可没法料到他那乐疯了的模样。

于是,大家一致决定次日举行大宴,来庆贺这件喜事。到时,将请来匹诺曹的所有伙伴。仙女派人已准备了牛奶咖啡二百杯、黄油面包四百个。明天,将是匹诺曹最最幸福与高兴的一天了。然而……

糟糕的事情来了。唉,木偶的一生之中,到处都是"然而",很多好事都就此败坏了。

第三十章

匹诺曹没能转变为人类的孩子。他偷偷地与小伙伴灯芯溜去了"玩耍王国"。

于是,自然而然地,匹诺曹就询问仙女,能否到村镇上去一趟,告诉所有的小伙伴们。仙女答应了:

"你去吧。那将是以你为主角的大宴,是该由你来邀请你的朋友。但是,黄昏之前你要回来。行吗?"

"别为我操心了。一个小时之内,我一定返回来。"木偶道。

"你听我说,匹诺曹。你们小孩子总是轻轻松松地许下诺言,但却大多数兑现不了。"

"可是,我与众不同呀。我许下的诺言,我一定实现它!"

"等着瞧吧。你不听大人所言,一定又要倒霉的。"

"怎么啦?"

"比自己处事经验多的人的规劝,你不听的话,总有一天,你会有苦头吃的。"

"我明白。"匹诺曹说,"因此,我才不会重蹈覆辙。"

"是这样吗?果真如此,那是再好不过了。"

木偶没再说话了,他道别了善良的仙女妈妈,一边哼着小

木偶奇遇记

调,一边蹦蹦跳跳地出门了。

匹诺曹仅用了一个小时多一点的时间,就走完了伙伴们的家。伙伴们都决定去赴宴。有人一听就兴高采烈地说:"当然去!"有人起始不回话,但是,一说到宴会上备有牛奶咖啡、黄油面包,就同意了:"只要你喜欢,我便去为你捧场!"

在匹诺曹所有的同学和好友中,有一个最亲密、最喜爱的朋友诺梅奥。他有一个外号叫做"灯芯"。他的身子干瘦又细长,极像晚上点的蜡烛芯,因而大家纷纷叫他"灯芯"。

学校里最不勤奋、最调皮的孩子就是灯芯。然而,匹诺曹偏偏和他是最要好的朋友。所以,匹诺曹出来后就径直奔向了灯芯家。然而,灯芯不知上哪儿去了。后来他又去了一次,可灯芯还是没在家。他没有放弃,又去了一次,可还是没见到他。

匹诺曹四处寻找着,他到底上哪儿去了呀?最后,他在一家农户的屋檐下发现了灯芯的身形。

"你在干吗呀?"匹诺曹道。

"我在等天色暗下来。我要出远门。"

"去什么地方?"

"很远的一个地方。"

"我到过你家三遍了!"

"啥事呀?"

"你没听说吗?有好运落到我身上了!"

"有什么运气来了?"

"我从明天开始就将和其他人一样,做一个真正的人类小孩了,不会再做木偶人了。"

"恭喜你呀。"

"所以,你来我家玩吧,明天就举行一个庆功宴!"

"但是,我今天夜里有事。"

"什么时候?"

"半夜时分。"

"去什么地方呀?"

"去另一个国度,去过另一种生活……那是一个世界上最亮丽的理想王国。"

"什么王国?"

"玩耍王国。你呢?一块去如何?"

"我?不行,没法去。"

"笨蛋,你这个匹诺曹。不跟你开玩笑,你不一块儿去,千万别后悔。对孩子来讲,再也没有比这儿更舒服的国度了。没有老师和课本,不用上学。这个国家里所有人都不用上学。放假日是周四。一周有六个周四和一个周日。而且,学校1月1号放假,12月31号开学。这是一个我最中意的国家。我想这才是文明之国吧。"

"玩耍王国天天如何过日子呀?"

"整天闲逛,成天玩耍。到了夜里就睡觉,天亮了就出门玩。你觉得如何?"

"呀?"匹诺曹稍微晃了晃脑袋,好像在说,"我多想这样生活呀!"

"如何,一块儿出发吧!去不去呀?你快点儿说呀!"

"我不去了,不去。我不能去!我在好心的仙女面前已发过誓了,要当一个乖孩子。我要实现它。天哪,不好了!都快黄昏了!我必须告辞了,再见,祝你玩得高兴。"

"嘿!你等一等!你干吗这么急匆匆的?"

"回去呀,我答应了好心的仙女,日落之前返回的。"

"过两分钟再走吧!"

"不,要迟到了。"

"才不过两分钟!"

"仙女要怪罪我了。"

"别在乎她说什么,让她去说吧,说完了就没劲了。"调皮的灯芯道。

"你是自个去还是和谁一块去,灯芯?"

"才不一人去了,一共有一百多个小孩都去。"

"走路吗?"

"天黑之后,会过来一辆马车。它会把我们载到那个最快乐幸福的国家。"

"马车能提早来吗?"

"干什么呀?"

"我为你们送行呀?"

"再等几分钟吧,到时你就可以与大家告别了。"

"那不能,不可能。我必须赶回去了。"

"听我说嘛,只需两分钟就够了。"

"但是,我不能再耽误时间了!仙女在为我担忧呢。"

"真是可怜!她有什么忧虑的,怕蝙蝠吞了你吗?"

"可是,"匹诺曹道,"那边真的不用上学吗?"

"哪有什么学校呀?"

"老师也没有?"

"一个都见不到。"

"不用上学?"

"不用,百分之百放心,不用上学!"

"这个国家多棒呀!"匹诺曹一边流着口水一边说。

"真棒!我不能去,可是几乎可以猜到那里的情景。"

"那你怎么打算?一块出发吧?"

"别说了,我已许了诺了。我要实现我的诺言,我可不想空口说白话。"

"那咱们就分手吧。代我问候大家。路上如果能见到中学的伙伴,也代我问候一声。"

"灯芯,再见了。祝你一路顺风,开心玩吧。但是,你可千万别忘了你的朋友。"

于是,匹诺曹起步回家了。刚走两步,他又立刻站住了。他转身问灯芯:

"那个国家真的每周有六个周四,一个周日吗?"

"那当然是真的了。"

木偶奇遇记
Muou Qiyu Ji

"1月1日到12月31日放假?"

"对。"

"真棒呀!"匹诺曹吐了吐口水,冲动地叫道。

但是,他赶紧又接了一句话:

"这回真的告辞了。祝你一路顺风。"

"你们什么时候开路?要等多久?"

"两个钟头吧。"

"真可惜!要是就一个小时,我就考虑考虑。"

"仙女会等你吗?"

"已经迟了。再迟一个小时或不迟,都一样了。"

"真是倒霉,你会被小仙女怪罪的。"

"不管了,怪就怪吧,她数落完了,就会算了。"

这时,天完全黑了,周围伸手不见五指。

一个正在走动的微弱灯光在远处慢慢过来了。人声和喇叭声也隐隐约约地响起来了,听起来就像蚊子的低语声。

"过来了!"灯芯猛然站立起来道。

"是谁呀?"匹诺曹低声说。

"接我的马车来了呀!你呢?一块去吧?去吗?"

"然而,"木偶道,"在那个国家,真的规定不用上学吗?"

"当然,千真万确。"

"那多棒呀!……一个多好的王国呀!……多好呀!"

第三十一章

匹诺曹疯玩了五个月,一切都像做梦一样。然后,他惊讶地发觉自己长了一双和驴一模一样的耳朵。他将成为一头货真价实的驴子,甚至尾巴都齐全。

马车到达了。经过的时候,一点响声也没发出来。因为呀,车轮上都扎着麻布头和破布片。

十二对一样大小,但花色各异的小驴子拉着马车。它们既有灰的,也有白的、花白的,还有的黄蓝相间的粗条状的。

然而,令人奇怪的是,这十二对或说是二十四头驴穿的都是类似人穿的一样的白色牛皮短靴。它们跟一般拉车的马不一样,没有钉蹄铁。

至于,赶车人的样子嘛:

这是一个又矮又肥硕的中年男子。胖的地方出奇地胖,瘦的地方出奇地瘦,脸又圆又大,像个苹果一样,而且总是油光满面,像洒了一团黄油。他嘻嘻哈哈的,总没个正经,说起话来就像小猫在对女主人摇尾乞怜。

孩子们立刻就喜欢上了这个马车夫。他们争先恐后地飞奔上车,想立即到达那个梦幻般的国度。在地图上,"玩耍王国"

木偶奇遇记

是大名在外的,大家都早已熟知。

这辆马车上,全是八到十二岁的小孩,挤了满满一车。他们挤得像沙丁鱼罐头一样,塞在一块。大家这么挤,转动一下身子都极为痛苦,可是没有谁哼一声,没有谁唠叨一句。他们都非常清楚。再熬两三个钟头便到头了。目的地不用上学,没有课本和老师。他们丝毫也不觉得辛苦与拥挤,也没有感到疲倦和饥饿,只是一门心思地渴盼着到达一个新的世界。

马车停了,胖车夫立刻做着各种模样和动作逗弄灯芯,他笑着问道:

"喂,调皮崽。你去不去欢快之国?"

"去,当然去啦!"

"可是,小朋友,听好了,车上的情景,你也能看见,早已塞得满满,没有一点空间了。"

"那没其他法子的话,"灯芯道,"一点空地都没有,我就坐车辕上吧。"他一边说,一边就跳上了车辕。

"嘿,那个小孩呢?"车夫问匹诺曹,热情地说,"你怎么办?一块去吗?还是不去呀?"

"我不去了。"匹诺曹道,"我要回家了,我得认真上学,拿优秀奖,做一个乖孩子。"

"真乖。"

"匹诺曹," 灯芯说话了,"听我的吧,一块去尽情玩一次吧!"

第三十一章

"不,不行的,不可以这样。"

"一块去吧,尽情玩一回吧!"马车上有几个人附和道。

"一块去吧,尽情玩一回吧!"车上许许多多小孩一块起哄道。

"如果我跟你们去了,好心的仙女会怎样呢?"木偶犹豫着。可是,他已被说动了。

"不要在乎那么多不高兴的事了。你快作决定吧。我们的目的地是玩耍王国,整天都无所事事,只是尽情玩呀!"

匹诺曹叹了叹气,没出声,接着,又唉声叹气几次之后,他说话了:

"有我的位子,我就去。"

"没空位了。"车夫说,"可是,作为对你的恭贺,我可以让出车夫的位子。"

"但是,您坐哪儿呀?"

"我走着去吧。"

"那不可以,不可以!真的。倘若没别的法子,我还是骑到驴屁股上去吧。"匹诺曹大叫道。

于是,匹诺曹便奔向前面右边的那头驴,他正准备跨上去,没想到驴子突然转头,用鼻头狠狠地撞向匹诺曹的肚子。扑通,匹诺曹被撞翻在地。

大家看到这一情景,无礼地哈哈哈、哈哈哈地大笑起来。一个个笑得东倒西歪。

第三十一章

唯独车夫一点笑容也没有。

他装模作样地要亲吻那头小驴,来到那头调皮的驴前面,可是,却猛然咬了它一口,咬下了半只右耳。

匹诺曹跌倒之后,暴跳如雷,他使劲一蹦,跳上了驴屁股。真棒的跳跃动作。小孩们不再耻笑他了,反而大叫:"匹诺曹万岁!"并且不停地拍掌喝彩。

然而,那驴子乘机又抬起了后腿,拼命摇了一下身体,把木偶人又晃了下来。木偶人真倒霉,再一次摔在了堆着石块的大路中央。

大家又齐声大笑,车夫还是没有一丝笑意。他故技重施,亲亲捣鬼的小驴子,再一次咬了它一口,咬下了另外半只耳朵。接着,他说:

"过来,匹诺曹,你骑上去。别担心了。这只讨厌、爱发火的蠢驴!我收拾它了,咬了两次耳朵了,看它乖不乖!"

于是,匹诺曹便安全地上了驴背。马车再次动身了。然而,出发之后,马车通过碎石大道时,匹诺曹似乎恍恍惚惚听到了一阵轻微的低语声:

"笨蛋!你这么调皮不听话,一定会后悔莫及!"

哪来的讲话声?匹诺曹听了大吃一惊。可是,四周看看,谁也没有。驴子拉着马车飞奔着。车里的小孩都已进入了梦乡。灯芯在呼哧呼哧打呼噜。只有车夫一人没睡,还在车座上哼着小曲:

木偶奇遇记
Muou Qiyu Ji

别人晚上要睡觉，

而我却无法入睡。

马车飞奔着，大约又走了五百米之后，再次有低语声传到了匹诺曹的耳朵里：

"你是个大笨驴！听好了。只是一味地贪玩，不愿上学、读书，不听老师话的孩子，将来一定是个废物……我之所以告诉你，是因为我有亲身经历。但是，你将来一定会流泪的，就像我一样。但到那时，悔之已晚。"

木偶人听了，很是担心和害怕。他跳下驴背，走到驴子前头，一把逮住了它的鼻头。

怎么了？它正伤心地哭泣呢！像……像人类的小孩一样正哭着，滴滴答答地流着泪。

"嘿，车夫大叔。"匹诺曹叫道。

"这是怎么了？驴子怎么流泪了！"

"随它去哭吧。要是有媳妇了，它就不会再哭了。"

"是你教它说话的吗？"

"没呢。它原来在小狗马戏团，一待就是三年，很容易记住人话的。"

"真是可怜！"

"好了，好了，"矮车夫道，"别磨蹭为它浪费时间了。快一点上来，还要赶很远的路呢。晚上不热，得抓紧时间赶路！"

第三十一章

匹诺曹立即遵命了。马车再次出发了。大约清晨,大伙终于安全抵达了"玩耍王国"。

这个奇妙的王国是世上仅有的一个了。所有的居民都是小孩,八岁到十四岁。大街上充斥着叫喊声、吵架声、尖叫声,到处都是乱糟糟的,让人看着都头晕。调皮的孩子到处都是,东一群,西一群;打弹子的,扔片头的,打球的,骑车的,骑木马的,应有尽有。还有人在捉迷藏、蒙眼寻人等等。有人在玩吞火游戏,把烧着的布头放在口中,有人在背台词,有人在大声歌唱,有人在翻跟头,有人倒着走路,有人玩套圈,有人身着将军服,在操练纸士兵。大家笑呀、叫呀、嚷呀、鼓掌呀、吹哨呀,还有人在学母鸡叫。这里是疯狂的,又笨又无聊的各种叫喊,简直让人受不了。如果不用棉花堵住耳朵,一定会被震聋的。在广场中央,还有一个小剧院,那里整天都挤满了小孩。家家户户都在墙壁上乱涂乱写。所有的涂鸦都相当"正确"——"玩具万岁"变成了"完具万岁","不要学校"成了"不要学笑","见鬼吧,算术!"成了"见鬼吧,上树!"。

这一次赶来的所有小孩,包括灯芯和匹诺曹立即就陶醉于这群疯子当中了。毋庸置疑,还未到三分钟,大家就各自成了好伙伴。没有比他们更快乐、更随意的小孩了!

整天,他们都沉迷在各种玩耍当中,无忧无虑地过着日子。"哇!多愉快呀!"匹诺曹一遇上灯芯都要发表一通高见。"如何?我正确吧?"灯芯骄傲地说,"你先前还不愿来,说什么回家,说什么上学。如今,你不用念书、上学、听老师话了。多亏了我吧?要是我不告诫你,关心你,你能享受到吗?对吧?只有真正的好伙伴,才会为你如此着想,热心帮助你!"

"对呀!灯芯,都因为你,我才享受了这样的快乐生活。老师以前总是说你:'灯芯是个调皮的孩子,不要和他在一块玩。他是个坏孩子,跟着他你会学坏的!'"

"真讨厌的老师,"灯芯一边摇头,一边说道,"他厌恶我,就爱数落我,其实我很清楚。可是,我才不计较呢,我度量大得很。"

"你真棒!"匹诺曹一边热情地搂着自己的伙伴,亲着他的额头,一边说。

于是,他们就在这个国家做梦一般整天开开心心地胡闹着、玩耍着。一晃,五个月就过去了,没有人念书,没有人上过学。然而,有那么一天清早,匹诺曹醒来之后,发现出了大事了!一件让人意想不到的坏事。匹诺曹立刻沮丧了。

第三十二章

一对驴耳朵长在了匹诺曹的脑袋上。没多久,他就成了一头货真价实的驴子,只能"啊——儿,啊——儿"地叫唤。

到底发生了什么奇异的事情呢?

听好了,小朋友们,我下面就一一为你们道来。原来呀,匹诺曹一觉醒来后,和往常一样习惯地伸手搔了搔头皮。可是,他一伸手,他才发觉呀……

到底,是什么呢?你们猜一猜吧。

原来呀,使匹诺曹大吃一惊的是,自己的双耳一夜之间长了十厘米之多。

本来呢,匹诺曹只有一对小耳朵,小得只能用放大镜才勉强看得清。然而,如今,它就像沼泽地里的芦苇穗子,一个晚上,长那么长了!匹诺曹惊呆了!

他立即四处找镜子,想看一下自己的脸。然而,到处都没有。于是,他就凑在洗脸盆前,在水的倒影中观看。然而,他看见了一样可怕又意外的东西——脸上长出了一对美丽的驴耳朵。

大家可以想象一下,此时的匹诺曹是如何羞愧、伤心和沮丧！

于是，他放声大哭，边哭边向墙上猛撞。但是，他这么一折腾，耳朵反而更长更大了，甚至连毛都长出来了。

居住在上层的美丽土拨鼠听到了大哭声，立即大吃一惊，它飞奔下来，见到这样乱七八糟的情景，关心地问道：

"发生什么事啦，我的邻居？"

"我出毛病了，土拨鼠。犯了大病了，吓死人了。你会把脉吗？"

"哦，会一点吧。"

"你诊断一下，我是不是发烧了。"

于是，土拨鼠用右前爪把了把匹诺曹的脉，而后悲叹一声道：

"请原谅，是个不幸的消息。"

"什么坏事？"

"你的高烧不妙呀！"

"怎么了？"

"驴式高烧。"

"我不明白，这是什么？"木偶一听就懂了，可他却还是问道。

"我来给你讲一讲吧。"土拨鼠说，"你听好了，你在两三个小时后，将不再是个木偶人了，也不会是一个真正的人。"

"那是什么？"

"两三个小时后,你会变成一头货真价实的驴子,和外头拉车为市场送大白菜与莴苣的驴子一样。"

"我不会的,我不愿意!"匹诺曹号啕大哭,他拼命地拉扯着自己的那双驴耳,就像扯别人的耳朵一样。

"听着,先生,"土拨鼠宽慰道,"你做什么呀?如今,一切都迟了。哲理课本清清楚楚地说了:整天鼓捣着玩具、只会贪玩不爱上学、厌恶读书与老师的小孩,总有一天将变成小毛驴。"

"这是真的吗?"木偶哭着说。

"当然不假!你别哭了,没用了,开头你就应该料到的。"

"但是,这不能全怪我!土拨鼠,我没说谎。都是灯芯带坏了我。"

"谁是灯芯哪?"

"是一个同学。我本来是听大人话,愿意回去上学,拿优秀奖的。可是,灯芯却阻止了我,说学习没用,别学了!上什么学呀?没意思,一块去玩耍王国吧。在那儿不必上学,可以整天玩,生活可开心了。"

"你为何要信这坏家伙的胡诌呢?"

"为何?……土拨鼠,我不能分辨真伪又不会识别人心。我只是个木偶人呀!天哪,我一点良心也没有,从好心的仙女家逃了。仙女那么喜欢我,就像我的亲妈妈一样关心我。可是我偏偏……要是我不离开,我就不是木偶人,而是和其他孩子一样,是一个真正的人类孩子了……我下回再遇到灯芯,一定不饶他,骂死他。"

说完,他向屋外走去。然而,到了门口,他猛然醒悟过来:这么一双驴耳长在头上,让人看见,要羞死了。于是,他想了一个方法,戴上了一个大棉布帽,将帽檐一直遮到了鼻子尖。

于是,匹诺曹飞奔出去。他找灯芯去了。可是,广场上,大街上,剧院里,任何地方都找不到灯芯。在路上,匹诺曹人人都问过了,没有谁见到过他。

于是,匹诺曹专程赶往灯芯家。门刚被敲响,灯芯就应了:"什么人?"

"我呀!"木偶道。

"稍等片刻,我马上来开门。"

大约半小时后,门被打开了。然而,匹诺曹一进门便吓了一跳,灯芯同样戴了个大棉帽,并一直拉到了鼻子那儿。这不和匹诺曹一样的打扮吗?

匹诺曹一见那帽子,便轻松了许多,他一下子便心里犯了嘀咕:

"看来,他也生了和我一样的毛病,肯定发着驴式高烧吧。"

但是,匹诺曹假装没有察觉,他笑道:

"灯芯,你现在怎样了?"

"挺好的,我就像一只老鼠,溜进帕尔马奶酪堆了。"

"你在骗人吧?"

"我干吗骗人呢？"

"抱歉，抱歉。你戴那遮着耳朵的大帽子，是干什么呀？"

"我摔破了膝盖，医生吩咐的，你呢，小木偶，你怎么也戴着帽子，遮到了鼻尖呢？"

"我摔伤了脚，医生叮嘱的。"

"你真倒霉！"

这俩人说完之后，沉默了半天。双方都试探地相互打量着。最后，木偶人用温柔得让人耳根发痒的声音说道：

"灯芯，我问你呢，你原来耳朵有过毛病吗？"

"从没有。你呢，有吗？"

"从未有过。可是，今天清晨，我起床时，有一个耳朵发疼，像针扎似的。"

"我也一样。"

"你哪边疼呀？"

"两边都一样。你呢？"

"一样。可能是一种毛病吧。"

"可能。"

"你能同意我一个要求吗？"

"可以，讲吧。"

"我能看一眼你的耳朵吗？"

"可以，可是，我想先看看你的耳朵。"

"不，先看你的吧。"

"不！先看你的，再看我的。"

"那，这样吧！"木偶道，"我们是好朋友，立个誓约吧。"

"誓约，什么呀？"

"我们同时取掉大棉帽，如何？"

"可以呀。"

"行，预备！"

然后，匹诺曹便叫喊着发令了：

"一、二、三！"

说完"三"后，两个小孩同时取下了大帽子，并一块抛上高空。

于是，难以置信的可笑之事便展现在了两人面前。双方都立刻明白了同样的灾难落到了对方的头上。他们没有难过和后悔，相互却一边瞧着那可笑的长耳朵，一边相互打趣着。后来干脆捧腹大笑起来。

俩人一直笑呀，笑呀，几乎都快笑得昏过去了。然而，笑着笑着，双方变了模样，站不直了。灯芯的笑声突然刹住了。他苍白着脸跌跌撞撞地对匹诺曹道：

"快拉我一把，救我一下，匹诺曹！"

"干什么呀？"

"真怪，我快站不住了！"

"哦，我也一样，也快不行了。"

于是，他俩一下子同时倒在了地上，手脚并用地在屋内跑了起来一圈，又一圈。然而，这途中他们的脸拉长了。前蹄代替了双手,后来,身上长出了浅灰色带着黑斑的毛。

可是,最最不幸又最让他俩沮丧的是什么呢?当他们的屁股上长出了驴尾巴时,他们才感到最羞愧,最难受了!这俩人终于不知怎么办了,于是悔恨地哭泣起来。号啕大哭的同时,他们还在哀怨自己倒霉的一生。

啊,不哀怨倒好,一叫,更吓人的事儿又发生了。原来,俩人发出的是驴子叫,不是人的叹息与叫唤。响亮的叫声传了出来:"啊——儿,啊——儿!"

正在此时,有敲门的声音响起来了。随后,有人在外面叫道:

"嘿,把门打开!我是领你们来这儿的矮胖车夫!开开门!否则,你们要受罪的!"

第三十三章

匹诺曹变成了一头地地道道的驴,他被送往集市拍卖,马戏团班主买走了他,并教会了他跳舞与钻圈。然而,他在一天夜里摔断了腿,于是又被卖给了另外一个男人。他买来是要剥下驴皮做鼓的。

一见门老是不开,矮胖的车夫就狠命一踢,把门踹开了。他和原先一样,微笑着走进来,对匹诺曹和灯芯道:

"你俩真棒!叫起来好听极了。我一听见,一下子就听出来了,一定是你们。为此,我特意赶来的。"

两头驴听了,夹着尾巴,丧失了神气。

于是,矮胖车夫便轻轻地拍着、摸着他俩,安抚着他们。后来,又掏出一把小梳,为他们细致地梳理浑身的毛。两头毛驴被整理一番之后,清爽漂亮极了,皮毛像镜子一样油光可鉴。于是,矮胖车夫,用绳子拴着他们,拖到了集市。原来,他想卖掉他们,狠赚一笔。

一到集市,买主立刻围了过来。

一个农民买走了灯芯。那个农民的驴子刚好在前几天死了。马戏团的班主买走了匹诺曹,他想训练它跳跃和起舞,就像戏团的其他动物一样。

如今,小朋友们该清楚矮胖车夫干的是什么勾当了吧?他看起来像是牛奶和蜂蜜制的,然而,本质上他是一个恶魔。他赶着马车四处奔跑,四处奉承、许诺,骗来贪玩、偷懒、不愿念书上课的小孩,带到"玩耍王国"。在这里,小孩子们只会贪玩、游戏、打发时间。最后,从不念书、贪玩的小孩就变成了毛驴。于是,矮胖车夫就霸占了毛驴,并拖到集市上拍卖了。靠此勾当,他赚了许多钱,两三年之后,就摇身一变成了大财主。

后来,灯芯怎样了,我也不清楚。然而,匹诺曹被拍卖后,立即受尽了折磨,尝尽了痛苦。

马戏团班主成了匹诺曹的新主人,他把匹诺曹带到了马棚,喂它吃稻秆。然而,尝了一口,匹诺曹便呕了。

所以,主人唠唠叨叨地换了一些干草。然而,匹诺曹还是不吃。

"嘿,你也不吃干草?"主人生气了,"行,耍脾气是吧?看我如何收拾你!"

说完,他就一鞭子抽在匹诺曹腿上。"哼,收拾你这坏脾气。"

匹诺曹被抽哭了,当然,是驴叫了。他一边嘶嘶叫着一边道:

"啊——儿,啊——儿,我实在是吃不下这稻秆呀!"

"吃干草呀!"主人听懂了。

木偶奇遇记

"啊——儿,啊——儿,干草吃了,胃会不舒服的。"

"你想吃啥呀?该不是要炖鸡胸和鸡肉拼盘吧?"主人火冒三丈,猛抽一鞭道。

匹诺曹又被抽了一鞭,便学乖了,他立即不叫唤了,没再说话了。

过了一会儿,马棚的门被关上了。匹诺曹孤身一人坐在里头。一会儿,他就饿了,于是便一阵一阵打哈欠。说实在的,他这么多天来,什么也没吃呀!他连连打着哈欠,大嘴张得跟灶门似的。

然而,食槽里其他吃的什么也没有。匹诺曹放弃了,只好吃了一把干草。他先细细嚼烂,之后,才双眼紧闭,一气吞了下去。吃完后,他唠唠叨叨地说:

"其实干草的味道也不错呀。可是,要是我还在上学的话,我吃到的应该是刚出炉的面包与烤肠。唉,真是别无他法了。"

次日清晨,匹诺曹一觉醒来,便直奔食槽,然而,干草昨天夜里已吃完了,现在什么也没了。

然后,他只好尝了一些碎稻秆。很显然,这与米兰①式烩饭和那不勒斯②的通心粉味道截然不同。

"没办法!"匹诺曹一边咬着稻秆,一边嘀咕,"我真倒霉,希望这能告诫贪玩、厌学的孩子。没办法……只有忍耐一下

---

① 米兰:意大利地名。
② 那不勒斯:意大利地名。

了。"

"什么叫忍耐呀?"主人刚好走进马棚,他吆喝道,"蠢驴,我买你来,可不是白养着的。我是为了让你干活,替我赚钱的。过来,直起身子。跟我到戏团去。你得跟我学转圈,顶破纸鼓,后腿直立跳华尔兹和波尔卡舞。"

无论匹诺曹是否同意,他是一定要学会这些高难度的动作的。然而,他学这些技艺足足学了三个月。在此期间,他被抽了无数次皮鞭,甚至皮都抽破了。

最后,马戏团上演的压轴好戏开始了。大街上的每条大路都贴满了花花绿绿的海报。上头写着:

倾情表演

今晚

本戏团男女主演公马母马

将表演

传统剧段和惊险杂耍

并有名演员

毛驴匹诺曹

(又名舞蹈明星)

首次亮相

剧场亮如白昼

那天夜里,表演空前热烈。开演之前一个钟头,便告客满,甲、乙、普通门票被抢购光了。最后,无论花多少金币,也买不到一张票了。

大大小小的孩子拥挤在阶梯式的大堂里。大家焦急地盼望着舞蹈明星匹诺曹的表演出场。

第一部分演出结束。班主身着晚礼服、白裤子与漆皮靴子出场了。他一本正经地行了一个鞠躬礼,装模作样地夸开了:

"尊敬的各位来宾,女士们,先生们!

"我首次途经贵市,很荣幸地在此能为各位名流引荐一位大名鼎鼎的毛驴舞蹈之星。它曾为皇帝作过舞蹈表演,也曾在欧洲各大宫廷作过多次巡回演出。

"在这里,我感谢大家光临观赏,并且以后也请多多赏脸。"

说完,观众便立即笑着鼓起掌来。驴子匹诺曹出场了,掌声一下子更加热烈了,狂风暴雨般地响了起来。台上的匹诺曹光彩照人,锃亮的皮缰绳,饰有黄铜卡与纽扣,白色的山茶花插在耳边,鬃毛绑成很多小辫,用红绸扎着,肚子上拴着金银丝带,连尾巴上都扎着紫色和天蓝色的缎带。总之,这毛驴漂亮得让人入迷。

一边向观众展示匹诺曹,班主一边在一旁解说道:

"尊敬的来宾们,实话实说吧。这是一头常在旷野自由往来奔跑的野驴子。我为了驯服训练它,历经重重磨难。大家可以认真看一看他的目光,充满了野性。我用尽了各种法子,都难以驯服它,把它从野蛮调教为文明之花。后来,只有挥起了皮鞭,但我只是轻柔地教训着它,想让它达到我的目的。然而,对于我的欢喜与怜惜,他非但不认同,相反更加痛恨我。最后,我用维尔士地区的方法作了一番诊治,发觉他头上长了一块小软骨。这经过巴黎大学的医学认证,是天生利于长头发和跳舞用的。所以,我便开始教他钻圈、顶纸鼓、跳舞。稍后,请大家认真鉴赏,并提出宝贵建议。可是,开演之前,我再次敬请大家光临每天夜里的通宵表演,一旦天下起雨来,就往后推迟,在次日上午8点开演。"

至此,班主又毕恭毕敬地行了一个礼。于是,转向匹诺曹道:

"匹诺曹,过来,开演前,向观众们、各位女士、先生、小朋友们敬礼。"

匹诺曹马上遵命了。他蜷曲着前腿,跪倒在地。过了一会儿,班主抽了一鞭,叫道:

"慢走!"

然后,毛驴直起身体,绕场慢慢走了一圈。

接着,班主又叫道:"快走!"匹诺曹马上领命而行。

"跑步!"

匹诺曹马上跑了起来。

"快速跑步!"

匹诺曹便拼命飞奔起来。正当他像赛马一样狂奔着时,班

木偶奇遇记

主抬高手臂,呼地开了一枪。

毛驴听到枪响,立刻受了伤似的,摔倒在台上,就像快要断气了。

观众高兴极了。戏场响起了雷鸣般的喝彩与鼓掌声。匹诺曹听了,忍不住抬头一看。啊,观众席的包间中,有一个漂亮的女子。她戴着一个金链子,链子上挂着一个画有木偶人像的徽章。

"哇!是我呀!天哪……她是仙女!"

匹诺曹立刻醒悟了,心中默念道。他一下子乐得忘乎所以了,忍不住大叫了一声:"呀!仙女!仙女!"然而,观众听到的不是人叫而是毛驴的嘶叫声,叫得又长又响。戏场里的观众捧腹大笑。尤其是小孩,快乐疯了。

班主狠狠地对准匹诺曹的鼻子甩了一鞭。他在告诫它不能面对观众无礼地嘶叫。

毛驴可怜极了,伸长舌头,舔了舔鼻子,舔了大约五分钟,他觉得这样好过一点。

等他恢复过来后,他再次巡视了一遍观众席。呀!怎么了?仙女坐的包间没人了,她走了。匹诺曹绝望了!

他立刻两眼模糊,泪水夺眶而出,汹涌流下。然而,没人看出来,甚至班主也没看见。他一点也不知情,又抽了一鞭,叫道:

"过来,匹诺曹,认真干,让大家看看你钻圈子的灵活身手。"

一次、两次、三次,匹诺曹每试一次,到了跟前,就丧失了勇气,准备从圈下钻过去。最后,他壮大胆子蹦了过去。然而,就在蹦跳的艰难时刻,他倒霉的腿被圈子拌住了。他与圈子一块跌倒在台上。

等到起来的时候,匹诺曹一条腿便瘸了,一拐一拐地被拖回了马棚。

"它怎么了?让它出来,给我们看一下;让它出来一下!"小孩子们在下面起哄了。突发的悲剧,勾起了孩子们的同情心。他们都为毛驴担忧了。

然而,当天晚上,再也没见到毛驴了。

次日,替动物看病的人,即兽医,来作了诊断,他认为匹诺曹永远瘸了。

所以,班主便吩吩马棚的工人道:

"这头驴瘸了,没用了。不能白白养着他,否则就亏了。快拖到集市上,把他卖掉吧!"

送到集市,立即就有人愿买了。来人问着小工人道:

"这瘸驴什么价?"

"二十里拉①。"

"就值二十个索尔多啦。我可不是为了做活才买的。我买来是要剥驴皮。看来,它的皮硬,我们村乐队做大鼓正好派上用场。"

匹诺曹听了,惊呆了!他难过极了,眼看着自己要被剥皮制

---

① 里拉:意大利货币单位。

木偶奇遇记
Muou Qiyu Ji

鼓了!

买主交了钱,便立即把毛驴牵到海边。他将一块石头捆在驴的脖子上,然后,拖住另一头缰绳,扑通一声,把驴甩到大海里。

捆上了石块的匹诺曹立即掉入了海底。而买主便一边拖着缰绳不放,一边默默地在海边岩石上等着。他准备等驴子被淹死断气之后,就着手剥驴子皮。

第三十四章

　　鱼要将掉入海里的匹诺曹吃了。咬着咬着,匹诺曹恢复了木偶模样。后来,他跳入水中,想以此逃脱时,却被凶狠的鲨鱼活活吞进了肚子。

　　毛驴淹了五十分钟左右后,买主觉得差不多了,他唠叨道:
　　"这瘸驴真倒霉,它大概已经断气了吧。算了,我拖上来,开始动手剥皮,做一面好看的大鼓吧。"
　　于是,他拽着捆驴的缰绳,拼命用力往上拖,最后,终于拖了上来……可是呀,拉上来的是什么呢?买主没想到竟然是一个木偶,而不是断气的毛驴。而且,那木偶正在扭动着身子,看上去像一条鳗鱼一样。
　　买主一见这情形,立刻张大着嘴愣住了。他以为自己在白日做梦。他瞪大了双眼,呆了很久,简直把他吓坏了。
　　许久,买主才慢慢缓过神来,他哭泣着说道:
　　"那头被推到海里的毛驴怎么不见了?"
　　"毛驴就是我呀!"匹诺曹哭道。
　　"你?"
　　"对呀!"

"撒谎!别作弄我了!"

"作弄您?不会的。大叔,我没撒谎!"

"可是,沉下去的是毛驴,拖上来的为何是木偶呢?"

"是因为海水作怪吧,大海爱捉弄人。"

"别开玩笑。木偶人。你以为胡诌就可以了事吗?我要是发脾气的话,有你苦头吃!"

"大叔,实话实说吧。您先松了绑,我再一一叙述。"

买主急切地想了解缘由,况且他心地也挺善良的,于是立即解开了匹诺曹腿上的缰绳。匹诺曹一下子恢复了自由,感觉像自由飞翔的小鸟一样轻松快活。于是,他便说开了:

"首先,原来我一直是个木偶人,跟现在一样。那时,我有个机会本来就要实现做一个真正人类的孩子的梦想。然而,我厌学,加上坏伙伴们的引诱,就逃离了家……后来,有一天,我一觉醒来,发现自己变成了长着长耳朵和驴尾巴的毛驴……这让人羞愧死了。大叔,如果您让安冬尼把您变成毛驴,就可以领略一下这个难受的滋味了。然后,我被拖到集市上拍卖了。一个马戏团班主为了教我钻圈和跳舞,买下了我。可是有一天夜里表演时,我一不小心摔伤了腿变瘸了。于是班主就把我这没用的瘸驴又拍卖了。后来,是大叔您买下了我。"

"哦,是这么回事。我花了二十个索尔多买的呢!谁还我的钱呀?"

"大叔为何买我呀?剥皮制鼓是吗?做鼓是吗?"

"是呀。可上哪儿去再找一张驴皮呢？找不到替你的皮了！"

"别丧气，大叔。世界上到处都是毛驴！"

"少啰唆，小家伙！你是不是没讲完呢？"

"嗯，还有两三句。您买下之后，准备在这宰了我。可是，大叔太善良了，又不愿意亲自动手。于是，就捆了一块石头在我脖子上，扔进海里，想让我自己淹死。我觉得您这么好心，真让人敬佩呀。我永生难以忘记您的恩情。可是，大叔您这么样，有没有为仙女着想呀？如果没有，那就大大失策了！"

"谁是仙女？"

"我的妈妈！和大伙的妈妈一样，善良好心的妈妈。所有的妈妈都十分钟爱孩子，甚至看着孩子舍不得挪开目光，你说对吗？一旦小孩做了错事儿，妈妈都能帮他，心疼极了。即便事情糟糕到都可以抛弃不管的时候，妈妈也会宽大地原谅他的。于是，在我被淹入海里的时候，妈妈派了许许多多的鱼来了。那些鱼儿以为毛驴已经死了，便纷纷吃起来，吃呀，吃呀，它们比孩子们还吃得贪婪。有的鱼啃我的耳朵，有的咬鼻子，有的咬脖子，有的拔驴毛，还有的啃我的前腿和驴皮……甚至有条小鱼兴高采烈地咬掉我的尾巴，正儿八经地吃了。"

"从今往后，"买主哆嗦着说，"我再也不吃鱼。如果炸、切鳕鱼和鲻鱼时，一条驴尾巴跑出来，那让人恶心死了！"

"是呀。"木偶笑道，"后来的事是这样的。鱼儿啃完了驴皮

木偶奇遇记

后,就要啃骨头了。可是,它们一啃,啃到的却是木头。你也可以看看,做我的木头是很硬的。贪婪的鱼儿们啃了一会儿,觉得牙齿不行了,咬不动了。于是,它们便不愿吃了,难受地游走了,甚至谢都不谢一句……恰好,大叔开始拖拽缰绳了。于是,最后是木偶人代替死毛驴浮了上来。"

"这些话都可笑极了!"买主叫道,"无论如何,我用了二十个索尔多买你的,我得想办法,挣回自己的钱哪!走着瞧!我把你拖到集市上卖了!按烧炉塞火的干柴的价钱拍卖了。"

"你去卖你的吧。"匹诺曹道。

于是,他扑通跃进了大海。然后,悠闲地游离了岸边,并大叫道:

"大叔,再见!如果还要做鼓,就想一想我吧!"

匹诺曹接着往前又游了一会儿,然后,又回头高声叫道:

"大叔再见!如果烧炉子需要干柴,就想想我吧!"

匹诺曹不久就游到了远处,一点也看不着了,大海深处只剩下一个小黑点。只有认真观察,才能看出小黑点伸着双腿在扑腾,跟海豚一样欢快地闹着。

就这样,匹诺曹无目的地向前游着。这时,眼前突然出现了一大块礁石,看上去像大理石一样雪白。有一只漂亮的小羊在礁石上招手,它轻轻地呼唤着:"过来呀!"

让人惊讶不已的是这头小羊的毛是天蓝色的,不像一般的山羊是黑色、白色或黑白相间,那蓝色显眼极了,与仙女头发的

颜色太像了!

于是,匹诺曹的心一阵狂跳。他打起精神拼命游向白色礁石,然而,尚未游过一半,一个凶狠的妖怪悠然伸出了脑袋,浮上了水面,他朝匹诺曹游过来了。那个妖怪张大了嘴巴,露着三排尖利的牙齿,看上去跟一个大深坑一样,怵人极了。即使是一幅画也叫人害怕,更何况还是真的!

那,这妖怪是……

对了,这就是凶狠的大鲨鱼了,就是前头的叙述中一再说到的坏家伙。这个坏东西什么都能吃,而且那大肚子无论吃多少也不满足。于是,"鱼和渔夫的埃提拉王"①成了它有名的绰号。

匹诺曹一见这妖怪,就被吓坏了。他立刻朝另一边游开了,妄想能逃离妖怪。然而,张着大嘴的妖怪,箭一样地冲过来,迅速靠近了匹诺曹。

"快游!匹诺曹,快游!"小羊咩咩地叫着说。

匹诺曹竭尽全力,手脚一阵忙乱,向前游去。

"快一点了!匹诺曹!妖怪赶上来了!"

匹诺曹死命地向前游去。

"小心点!匹诺曹……妖怪上来了!……嘿!快一点,否则,它要吞吃你了!"

于是,匹诺曹像出膛的子弹一样,全速朝前游着。

---

① 埃提拉王:5世纪匈奴人国王。在此用以喻指暴君、魔王。

第三十四章

最后,他来到了礁石这儿。小山羊立即伸出前腿,朝大海边探出身子,希望能拉匹诺曹一把。

然而,晚了一点点。妖怪已赶上来了。它大吸了一口气,把匹诺曹吸进了肚里,就像吃鸡蛋一样。可怜的匹诺曹被凶狠的鲨鱼如此用力地卷进了肚子后,又被什么家伙用劲撞昏了过去,大约一刻钟的功夫就昏迷不醒。

匹诺曹恢复神智了。他几乎闹不清自己到了什么地方。四周伸手不见五指,一片黑暗,就像进了全是黑墨水的墨水瓶里。听听,一点动静都没有。唯一能感觉到的是,扑面而来的狂风。开始,他不知风从何而来。后来,他才看出是从妖怪的肺里呼出的。哦,原来呀,鲨鱼患了哮喘病,每次呼吸,都如狂风骤起。

开始,匹诺曹还勉强振作着。然而,现在他已知道自己被吞进了妖怪的肚子,便号啕大哭起来。出不去了!他哭道:

"救救我!救救我!真难受!有人能救救我吗?"

"想谁救你呀?你这么倒霉。"一阵沙沙的说话声在黑暗中响起,声调就像走了调的吉他。

"谁在说话呀?"匹诺曹抖着身体道。

"我,一只倒霉的金枪鱼,和你一块被卷进了鲨鱼肚子里了。你是什么鱼呀?"

"我不是鱼,我是个木偶呀。"

"不是鱼,那为什么妖怪要吃你呀?"

"那不怪我呀,是那坏蛋要吃我。嘿,这么黑,我们做什么呀?"

"别指望了,等待着被鲨鱼消化吧。"

"我可不想被它这么吃了!"匹诺曹大哭起来。

"我也不情愿呀。"金枪鱼道,"可是,我是个有思想的哲学家。我是一条金枪鱼,这样死在水里比炸在油锅有意义多了。我只能这样自我安慰了。"

"可笑!"匹诺曹叫道。

"我这只是一种观点。"金枪鱼道,"和其他金枪鱼政治家一样,这一观点理应受到尊重吧。"

"别管那么多了!我唯一的心愿是出去,逃离这里!"

"如果可以,你逃吧。"

"吃我们的鲨鱼是否很大呀?"

"大极了!不加尾巴,也有一公里的长度!"

匹诺曹在黑暗中摸索着,他忽然瞧见了远处似乎闪烁着什么。

"那边有光,会是什么呢?"匹诺曹道。

"可能是与我们命运相同的朋友吧。"

"我去瞧瞧。或许,老练一点的鱼有办法逃生。"

"好极了!"

"金枪鱼,再见了。"

"木偶人,再见了。祝一切顺心。"

"我们还会见面吗?"

"不知道,现在不管这个了。"

第三十五章

在鲨鱼的肚子里,匹诺曹遇见了一个人。到底是什么人呢?大家读完了,就明白了。

匹诺曹与好心的金枪鱼依依惜别了。他在黑糊糊的鲨鱼肚里摸索着,磕磕绊绊向着那闪光的地方走去。

匹诺曹走呀,走呀,突然踏入了一个油腻的大坑。大坑里充满了刺鼻的炸鱼味儿。那感觉就像四旬斋①时,停食一段时间的人,猛然闻到了鱼腥一样。

匹诺曹仍然往前走,那个光亮处已近在咫尺了。终于,他到达了目的地。他看见了什么呢?⋯⋯你们想一想。可能你们猜上一千回,也是想不到的。那儿有一个老大爷,正坐在桌旁。桌上燃着一支蜡烛,还放了一只小绿瓶。老大爷的头发和胡子都雪白,就像一大堆肥皂泡。这会,他正在嚼着活鱼。还有鱼头从他口中蹦了出来。

匹诺曹见到这个老大爷,完全没有意料到,他高兴得几乎要晕过去了。他又哭又笑,有一大肚子话说,可是,脑子里却一团乱麻,什么也说不出来。只是发出了一阵奇怪的叽叽咕咕声。

---

① 四旬斋:基督徒为缅怀基督受难,而进行的四十天之久的绝食赎罪活动。

最后，匹诺曹缓过神来了，他一声欢叫，张开两臂，冲了过去，一把抱住了老大爷的脖子嚷道：

"爸爸，爸爸！我们终于重逢了！以后，我们永不分离了，真的呀！真的！"

"看来，这一切不是我做梦了。"老大爷擦擦双眼道，"你是调皮的匹诺曹吧？"

"对，我就是，是我啦！爸爸，你能原谅我吗，啊，爸爸？你这么善良！但是，回想过去，我……但是，后来，我历经磨难。所有的错事都被我干尽了，真不听话！那天的事情，你还记得吗？那天，你卖了上衣，为我买了语文课本，送我去上学。可是，那天，我却去看木偶剧了。而木偶剧团的班主想让我做干柴来烤全羊。再后来，他又给了我五枚金币，说是给你的。然而，回来途中，又被狐狸、猫拦住了，他俩骗我去了红虾旅社。他俩狠狠地大吃了一顿。半夜里，他俩跑了，我孤身上路，被盗贼打劫了，我在前头跑，盗贼在后头追。他们穷追不舍，最后撵上了我，把我倒挂在了橡树枝上。可是，碰巧，蓝发仙女救了我。她叫来马车，把我接去了，并请医生为我诊治。后来，我一不小心又说谎了，鼻子就长了很多，没法出门了。再后来，狐狸与猫又骗我去埋金币，只剩四个了，有一个在旅社用了。后来，鹦鹉讥笑我，没有种四块金币长二千金币的荒唐事。于是，我一个金币都没了。但是，法官听了我的诉状，却把我判了监禁，乐坏了那两个盗贼。等我出了监狱回家时，又被葡萄地里的铁夹逮住了。农夫逮住了我,让我当看门犬,守鸡窝。后来,可怜的我又被他释放了。路上,遇到了大蛇,它狂笑一阵,笑破了血管死了。最后,我再次回到了漂亮的仙女家,可是,她已为我伤心而死。我正落泪时,一只鸽子飞过来,它说:

"'我见你爸在做小船,准备外出找你。'

"于是,我说:

"'嗯,如果我长着翅膀会飞多棒呀?'

"后来,鸽子道:

"'去你爸爸那里吧?'

"'很想去呀。可没人带我去呀!'

"我刚一说,鸽子就说道:

"'我可以领你去呀!'

"'怎么走呢?'

"'我这一说,鸽子道:

"'我可以驮你过去。'

"于是,我俩一整夜都飞呀,飞呀,清晨时分,来到了海边。渔夫们正聚在海边,他们说:

"'有个人好倒霉呀,他坐的小船快要沉到海里了。'

"虽然太远了,看不真切。但我立刻感觉到那是爸爸。所以我做着各种姿势,想唤回爸爸。"

"我知道了!"泽皮德也说,"我想尽一切办法想回来,可是却无能为力!海上风浪骤起,吹翻了我的小船。当时,一条凶狼的大鲨鱼正在一边,一见我落水,便冲过来,伸长舌头,卷住了我,一口把我吞了,就像活吞坡仑亚①肉丸一样。"

"你在这儿有多长时间了?"匹诺曹问。

"从那时到现在,已两年了吧。但是,感觉有两个世纪那么长!"

"那你是怎么度过这段时间的呢?哪里的蜡烛呀?哪里的火柴呀?"

"我一一给你讲一遍吧。那次风浪中,和我的小船一起打翻的还有一艘巨轮,船员都被救上去了,但是,整条船都被鲨鱼卷进了肚子里。这个坏蛋快饿死了,吃了我一个是充不了饥的。"

"吃了一艘巨轮?"匹诺曹的双眼快瞪出来了。

"对呀,完完整整一口吃了!当然,巨轮的主桅杆被吐了出去。因为它堵住了鲨鱼的牙缝,像鱼刺一样扎疼了这个坏家伙。最幸运的是我了,吞下的船里什么都有:肉罐头、饼干、面包、葡萄酒、葡萄干、奶酪、咖啡、糖粒、蜡烛、火柴,应有尽有。我能度过了漫长的两年,真是感谢上帝呀。不过,这些物品今天就要彻底用光了,这是最后一根蜡烛了!"

"往后怎么办呢?"

"从今往后,只能在黑暗中摸索了。"

"倘若如此,爸爸,"匹诺曹说,"别浪费时间了,我们立刻逃走吧!"

---

① 坡仑亚:意大利城市名。

"逃？从哪儿逃呢？"

"从坏蛋的大嘴里逃出去，逃到大海里游走！"

"听起来是好，可是，我一点也不会游泳呀！"

"没什么。我可以驮你呀，我很会游的，一定能安全游到岸边去！"

"孩子，别做梦了。"泽皮德一边摇头一边叹息着苦笑道，"你看，一个才一米的木偶人，怎么有力气驮着我，游过大海呢？"

"没试过，怎知不行呢？反正，左右也不能活，我们一块死，也算是一点安慰吧。"

匹诺曹没再说什么了，他抓上蜡烛照着路，对爸爸说："你紧跟在后面，千万别担心。"

不久，他们便走出了鲨鱼的肚子，到了喉咙口了。他俩暂时停了下来，环顾着四周，想找机会外逃。

其实这是一条年纪很大的老鲨鱼了。他的心跳很快，又有严重的哮喘，因而老是张大嘴睡觉。匹诺曹乘它熟睡时，伸出了脑袋，望向喉咙外，透过鲨鱼的大嘴，他看见了美丽的星空和迷人的月色。

"多巧呀，到时候了。"匹诺曹小声对着爸爸的耳朵说道，"这个坏蛋已睡熟了。大海上也没有风浪，月光又亮极了。爸爸，过来，跟着我跳。我们等一下就获救了。"

然后，他俩就顺着喉咙爬到了妖怪张大的嘴巴处。接着，俩

木偶奇遇记

人轻轻地爬上了它的大舌头。这根大舌头又大又长,就像公园里的大走道。于是,他们俩做好了准备,正要跳入大海。然而,不巧的是,鲨鱼突然打了一个大喷嚏,接着是一阵剧烈的晃动,把匹诺曹和泽皮德摇得站不住了,又一头栽回了妖怪的肚里了。

扑通,他们又碰上什么东西了。这时,蜡烛也燃尽了,四周一片漆黑。

"以后干吗呀?"匹诺曹一本正经地说。

"唉,我们已经走投无路了,孩子。"

"不会的,伸过手来,爸爸。小心一点,别摔跤!"

"去什么地方?"

"重来一回,一块再上去,别担心。"

于是,他们俩搀扶着,又顺着喉咙轻轻爬到了舌头那儿,穿过了三排利牙。在跳入大海之前,匹诺曹对爸爸说道:

"过来,我驮上你,你抓紧了。其他的,你就抛到脑后去吧。"

于是,泽皮德搂着儿子的肩,骑在他背上。然后,匹诺曹精神抖擞地蹦入了大海。他飞快地朝前游去。大海上风平浪静,就像缓缓流动的油。月亮温柔地挂在空中,照亮了四周。此时,鲨鱼还在梦乡,即使是放大炮也是难以吵醒它的。

第三十六章

匹诺曹变成人类小孩的愿望终于实现了,他再也不是木偶人了。

匹诺曹拼命地游着,他希望能早一点上岸。然而,泽皮德却一个劲地发起抖来了,就像生了疟疾一样。他回头一看,爸爸骑在背上了,可双腿却还有一半泡在海里。

害怕得发抖还是因为寒冷呢?不知道,或许兼而有之吧。可是匹诺曹觉得爸爸一定是担心了,于是,他宽慰道:

"振作点,爸爸!没多久就可以上岸了。我们一会儿就获救了!"

"然而,海岸在哪呀?"泽皮德更忧虑了,他双眼巡视着海面,就像裁缝穿针一样认真,"四周看来看去,都是海天相接!"

"我能看见的!"木偶道,"我和猫一样,到了夜里,看东西比白天还亮堂。"

匹诺曹假装着有精神的模样。但是,其实呀!……其实他也在逐渐失去信心。他已经没力气了,喘着粗气,游不动了……他已觉得自己无力前进了。可岸在哪儿呢,遥遥无期,远得很!

匹诺曹乘着还有一点劲,仍向前游着。但是,他不久就不行

了,他转过头,时断时续地对爸爸说:

"爸,救命!我……我不行了!"

就在父子俩快要沉下去之时,一阵类似走调的吉他一样的讲话声从一边响起来:

"谁快不行了呀?"

"我和我那令人心酸的爸爸。"

"嗯,我似乎听过这声音。对了,匹诺曹是你吗?"

"对,是我!你是什么人呀?"

"我是和你一块被卷入鲨鱼肚子的那条金枪鱼呀!"

"你如何逃生的?"

"跟你学的。你逃走的时候,我紧紧地跟在你身后,于是就出来了。"

"金枪鱼呀,你来得太及时了。求求你了,救我们一命吧!就当救你被淹的孩子吧,救救我们吧!否则,我们会没命的。"

"嗯,没问题。我很乐意助你们一臂之力,你们别管其他的,拖住我的尾巴就行。我四分钟后送你们到达海岸。"

于是,泽皮德、匹诺曹立即照做了。但是,他们骑上了金枪鱼的背,没抓尾巴。因为,这样更好受一点。

"重不重呀?"匹诺曹问。

"不重,不重!你们在上面,就跟放了两个贝壳一样。"金枪鱼道。它强壮极了,就跟两岁大的小牛一样壮。

到达海岸了。匹诺曹先下来,然后又将爸爸送上海岸。他转

过身,感恩地谢道:

"金枪鱼,你救了爸爸和我,真不知何以为谢。我想吻你一下,以表达我对你的谢意,谢谢你的救命之恩。"

于是金枪鱼将鼻子浮出海面。匹诺曹跪在海岸,伸长脖子,轻柔地吻了一下它的嘴。金枪鱼被这么亲切温柔的亲吻深深地打动了。他以前从没有过这样的经历。于是,他把头埋进了海水中,羞于让人瞧见自己像孩子一样哭了,过后不久,他就游走了。

此时,天已大亮。

匹诺曹一边伸出手准备扶跌跌撞撞的泽皮德,一边说:

"来吧,爸爸,扶住我的胳膊。我们慢慢地赶路吧,不着急,可以像蚂蚁一样慢慢走,走一会,疲倦了就在路上休息一下。"

"但是,去什么地方呀?"泽皮德说。

"去找一所房子或小木屋。讨点面包,弄点干草并睡一会儿。"

走了没到一百步,就在路边遇到了两个肮脏的乞丐。

细细地一看,居然是猫和狐狸。可是,他们已完全变了模样。

装瞎子的猫到了后来,果真成了瞎子。而狐狸则彻底老了,虫子咬光了它半边身子的毛,尾巴也不知上哪儿去了。尾巴的故事是这样的:原来这个混蛋最后穷得受不了了,有一天他将漂亮的尾巴卖给了一个拾破烂的,那人要用这尾巴来做一个苍蝇拍子。

"呀,匹诺曹,"狐狸哽咽道,"赏点东西给我俩吧,我们病了。"

"赏一点吧……"猫也叫道。

"才不呢,骗人的家伙,"匹诺曹说,"你们上回骗得我好苦,我再也不信你们了!"

"相信我们吧,匹诺曹,我快穷死了!"

"穷死了!"猫也叫道。

"穷死你们!活该!有句老话,'不义财物失得快',好好想想吧。骗人的家伙,再见了!"

"发发善心吧……"

"发发善心吧……"

"两个大骗子,再见。还有一句老话,听过吗?'盗来的大米成稻壳'。"

"别抛下我俩呀……"

"别抛下……"猫也叫。

"两个大骗子,再见。最后,送你们一句老话:'偷邻人衣服之人,死时甚至无内衣'。"

然后,匹诺曹和泽皮德又缓缓前行了。大约一百米之后,一间特别的小屋出现在小路前头的田地里。那是一间用木结构和干草搭建的小屋。

"那里有什么人居住呢?"匹诺曹道,"试着去敲敲门吧。"

第三十六章

俩人走到小屋前,敲响了大门。

"谁呀?"有人在里头问道。

"是一对父子,没吃的又没地方住了。"木偶道。

"自己开门吧。"里头传来了低声的话语。

匹诺曹一转把手,打开了门。他们立刻走了进去,并四处张望。怎么没人呢?

"这里的主人在吗?"匹诺曹小心地问。

"这里,上面啦!"

他俩立刻仰头向上看,看见一只巧嘴蟋蟀正坐在梁上。

"你好,蟋蟀。"匹诺曹一本正经地鞠了一躬道。

"哼?你还会问候我呀?你把我撵出屋子,用木槌砸我,都不记得了?"

"我没忘记,蟋蟀。要是你也撵我,用槌子打我,都可以的。可是,你要可怜可怜我的爸爸……"

"我知道。你俩我都能帮。我提起以前的挨打往事,只是想告诫你,人的一生中总有许多地方需要别人的帮忙,所以,你也应该尽你所能去帮助其他人。"

"对极了!蟋蟀。太对了!我会永远记住你的话的。然而,蟋蟀,你是如何买到这样可爱的小屋的呢?"

"这是昨天一只美丽的小羊送我的。那是只十分漂亮的、羊毛是蓝色的小山羊。"

"那山羊现在在什么地方?"匹诺曹特想多了解一点,急切地问道。

"我不清楚。"

"它何时归来呀?"

"大概不回来了。昨天,她去的时候呢,一直在咩咩地叹息,似乎在讲:'匹诺曹多倒霉……从此,见不到他了。他一定已被鲨鱼吃掉了……'"

"山羊果真这么说吗?……那一定是她!……是她,肯定是的!……我可爱的仙女呀!"

匹诺曹一边说,一边哭得稀里哗啦。

然而,他哭了一会儿后,便抹去了泪水,找来干草铺了床,服侍泽皮德睡觉了,而后,才问巧嘴蟋蟀:

"请告诉我,蟋蟀,我想讨一杯牛奶给爸爸喝,应该到哪儿去找呢?"

"你从这出去,穿过三亩旱地,那边有一位农夫叫那吉奥,他家养奶牛。你去那儿,大概可以讨到一杯。"

匹诺曹立即直奔那吉奥家去了。农夫问:

"你需要多少?"

"要一大杯。"

"一杯一个索尔多。你预交一个吧。"

"可是,我没一文钱。"匹诺曹丧气了,他伤心地说。

"那怎么办,木偶人。"农夫说,"没有一文钱,我怎么给你牛奶,一滴也不行呀。"

"没办法了。"匹诺曹准备回去了。可是,农夫又说了。

"稍等,还可以考虑一下。如何,匹诺曹,你替我转辘轳吧?"

"什么辘轳呀?"

"从井里打水的木机器,用来为蔬菜浇水的。"

"我可以试一下。"

"你提一百桶水上来,我就赏你一杯牛奶。"

那吉奥带他来到了菜田,并教会了他如何转辘轳。匹诺曹立刻就动手了。干了一会儿,还远远未到一百桶,他就累得满头大汗。他首次干这种笨重的工作。

"这个工作,"农夫说,"原来一向是小毛驴做的,然而,现在小毛驴快不行了。"

"我能见见它吗?"

"可以呀。"

于是,匹诺曹就到马棚去了。他看见一头漂亮的毛驴又饿又困,一点力气也没有,软软地倒在了稻草堆里。匹诺曹观察了一会儿之后,忧虑地嘀咕着:

"我似乎见过这头毛驴!我肯定见过它。"

然后,匹诺曹便低下身子,以毛驴语言问道:

"你是谁呀?"

毛驴听了,睁大死气沉沉的双眼,也用毛驴话时断时续地说道:

木偶奇遇记

"我……就……是……灯……芯……呀。"

"啊,灯芯,可怜的人哪!"匹诺曹一边拿起稻草擦着流下的泪水,一边小声道:

"你和它有什么渊源吗,你为何这么难过?"农夫道,"你这么捉弄它,我这花钱购买的人怎么办呢?"

"坦白告诉你吧,他以前是我的一个好友。"

"你的好友?"

"同学。"

"什么?"农夫笑道,"你说啥?你有同学是一头毛驴?如果这样,你读书一定不错的了!"

木偶听了,难受极了。他没有答话,接过农夫刚挤的牛奶,默默地往回走了。

接下来的五个月,匹诺曹天天顶着日出出门,去推辘轳,然后,以此换来牛奶。爸爸喝了之后,生病的身体便逐渐好转了。但是,匹诺曹却不知足。日子一天天地过去,匹诺曹学会了许多手艺,用灯芯草编竹筐和树篱,以此来挣钱。花钱也很节俭,总是买必需品。还有,他利用做手工活的休息时间,为自己制作了一辆好看的手推车。天气晴朗的时候,用它推爸爸去四处走走,呼吸呼吸新鲜的空气。

夜里,他总是认真学习,一直熬到很晚;他从邻村低价买来了缺封皮和目录的大厚书,用于学习拼音。他用削尖的树枝当笔,练字。没有墨水和墨水瓶,他就用桑葚汁和樱桃汁代替,以此蘸着练字。

这样,匹诺曹辛辛苦苦地干活,养活着自己和爸爸。身体虚弱的爸爸一点苦也没有挨到。他还攒了四十枚索尔多用来购置新衣。

一天清晨,匹诺曹告诉爸爸:

"我想去旁边的商场去转转,买一些衣服、帽子和鞋子回来。"匹诺曹笑了笑说,"我要是打扮得太美丽了,说不定爸爸会把我看做别人家的阔少爷呢!"

离开家门后,匹诺曹心情很愉快,他乐得奔跑起来。跑了还没有几步,突然间他听见有人叫他。匹诺曹转身一看,原来是只非常漂亮的蜗牛,它正从矮树墙那边伸出脑袋。

蜗牛问:"喂,还认不认识我?"

"好像在哪里见过,可是……"

"你总不会忘记我吧?那才让人扫兴呢!你仔细想一想蓝头发的仙女,我就是那只给她家做女仆的蜗牛呀!你难道想不起来以前发生的事了吗?当我到楼下给你开门的时候,你却把一只脚插到了门上,而且把门也踢破了。"

"噢,我记起来了,全都想起来了。"匹诺曹大叫一声,"喂,快给我说一说,蜗牛,仙女情况怎么样了?你把她安排在什么地方了?她还会记起我吗?她会谅解我吗?到现在她是不是还喜爱我?她住的地方离这里近吗?我可不可以去看看她?"

就像连珠炮一样,匹诺曹一口气说出了这么多的话,蜗牛

却不紧不慢,像平常一样慢条斯理地说:

"匹诺曹,情况是这样子的,仙女她生病了,现在正在医院的病床上躺着呢!"

"她在医院里?"

"没错。她病得好厉害呀!因为她老是遇到一些很倒霉的事情,而且她现在太穷了,连买一片面包的钱也没有。"

"啊?情况真是这样的?噢,我犯了多么大的错误啊!唉呀,仙女……我现在要是有一百万里拉就好了,我就会立刻跑去把它们全都送给你,可是现在……可是现在我的手里只有四十多个索尔多了。原先我准备用这些钱去买好多新衣服的。现在,你先把这点钱收着吧!蜗牛,请你赶快把这些钱给我那慈爱的仙女送过去吧!"

"那,那你的新衣服怎么办?"

"现在哪里还有心思去想什么新衣服呀!如果卖掉我穿的这些破衣服,能够给仙女一些帮助,我也愿意呀!蜗牛,你赶快去吧!我想过几天再到你那里去看看。我大概还能够再给你一些钱。现在我一直在工作,就是为了养活我的爸爸,从现在起,我也要养活我的妈妈,每天我就要多做五个钟头的活了。蜗牛,再见吧!两天以后我会等着你的。"

蜗牛早把自己慢吞吞的老习惯抛到九霄云外去了,它在8月份酷热的太阳底下飞速地跑了起来,就像蜥蜴一样。

等匹诺曹到家的时候,爸爸问:

第三十六章

"你的新衣服在哪儿呢?"

"唉,没办法,没有适合我穿的新衣服,等以后再去买吧!"

当天晚上,等到12点的时候匹诺曹才上床去睡,往常他是10点钟睡觉的。今天他编了十六个篮子,往常只编八个。

一做完事情,匹诺曹就去睡觉了。熟睡的时候他做梦了,在梦中他看到仙女了,仙女亲了亲匹诺曹的脸,微笑着对他说:

"匹诺曹,你可真行呀!你的心地太善良了,你以前犯的错误都不算了,我原谅你了。即使一个孩子平时不听话,不懂礼貌,可在爸爸和妈妈最难熬、生病的时候能够细心地照顾他们,像这样的孩子,无论什么时候都会受到人们的赞扬,人们都会喜欢他的。从今天起,你做事之前要好好考虑一下,要是这样的话,你准会生活得很幸福。"

此时,匹诺曹的梦一下子醒了,他往周围看了看。

当匹诺曹把眼睛睁开的时候,太令人奇怪了,你猜猜发生了什么事情?原来匹诺曹一下子变成了一个真真正正的人类的小孩子了,他不再是个木偶了!他和别的孩子一模一样了。当他往周围看的时候,以前他家里的小屋的草墙再也看不到了,现在他正处在一个非常漂亮的房间里,这个房间里有齐备的各种家具,而且装饰得也非常洁净高雅。匹诺曹从床上跳下来的时候,发现自己正穿着非常合身的新衣服,而且新皮鞋和新帽子都在那里摆好了。

匹诺曹换上了新衣服,当他把自己的手伸到衣服口袋里的

木偶奇遇记

时候,发现里边有一个特别精巧的象牙钱包。在钱包上写下了这样的话:

> 蓝色头发的仙女真的感谢善良的匹诺曹,把四十个索尔多还给他,仙女很爱匹诺曹。

当匹诺曹打开钱包的时候,发现里面竟然是闪闪发光的四十枚金币,哪里是四十个索尔多铜币!

接着,匹诺曹走过去站在镜子前面,他感觉镜子里的那个人好像不再是原先的匹诺曹了。那当然了,镜子里边的那个已不再是从前的那个木偶了,现在的他是一个又聪明又精神的少年了,长着一双天蓝色的眼睛,留着栗色的头发,镜子里的少年脸上带着笑容,他很高兴,就像在过复活节。

因为发生了一连串奇怪的事情,匹诺曹一下子弄不清自己是睁着眼睛继续做梦呢,还是真正地从睡梦中醒过来了。

"爸爸在哪里呢?"

匹诺曹大叫一声,他立刻跑到隔壁的房间里去,他发现了泽皮德,他和以前一样身体健康,精力充沛并且心情愉快。泽皮德已经开始他的木刻工作了,跟从前一个样。现在他正在画一个漂亮画框的初稿,上面有鲜花、树叶和许多动物的脑袋。

"爸爸,快告诉我,突然之间怎么会是这个样子呢?"

匹诺曹紧紧地搂着爸爸的脖子,他一边向爸爸问问题,一边亲吻爸爸好多下。

泽皮德说："我们现在成这样多亏了你呀！"

"怎么是我的事情呢？"

"因为当一个坏孩子变好的时候，他家里人的心情也能随之变得快活开朗起来。"

"可原来那个匹诺曹，那个木偶匹诺曹在哪里呢？"

"哪，在那边。"泽皮德说，同时用手指着一个很大的木偶。那木偶正靠在椅子上，他的脑袋向一边扭着，耷拉着两条胳臂，而且双腿弯弯曲曲地盘在一边。真是让人难以置信：那个样子的他，以前竟然能够直立起来。

盯着这个木偶看了好久，匹诺曹很高兴地对自己说：

"我是木偶的时候，样子多可笑呀！可我现在高兴极了，我真正成为一个好孩子了！"